LA DÉESSE DE L'HIVER

FILLE DE L'HIVER
TOME QUATRE

SKYE MACKINNON

TRADUCTION PAR
NINON ADRIEN , VALENTIN TRANSLATION

Peryton Press

© 2024 Skye MacKinnon

ISBN: 978-1-917585-02-6

Titre original: *Winter Goddess*

Traduction par Ninon Adrien, Valentin Translation

Tous droits réservés. Aucune partie de cette publication ne peut être reproduite, distribuée ou transmise sous quelque forme ou par quelque moyen que ce soit, y compris la photocopie, l'enregistrement ou autres méthodes électroniques ou mécaniques, sans la permission écrite de l'éditeur, à l'exception de brèves citations dans le cadre de critiques littéraires et autres usages à but non commercial autorisés par la loi sur le droit d'auteur.

Ce livre est une œuvre de fiction. Tous les noms, les personnages, les lieux et les incidents décrits sont le produit de l'imagination de l'auteur. Toute ressemblance avec des personnes existantes ou ayant existé, des choses, des lieux ou des événements réels, ne serait qu'une coïncidence.

En bref, ne piratez pas ce livre.

Couverture par Mibl Cover Design.

perytonpress.com

TABLE DES MATIÈRES

À mes lecteurs.
Merci de suivre le parcours de Wyn et de donner sa chance à un nouvel
auteur.
Vous êtes géniaux !

LE PEUPLE DU ROYAUME

Famille

Wyn, demi-déesse et héroïne de cette série

Ses gardiens : Storm, Frost, Arc et Crispin

Beira, reine de l'Hiver et mère de Wyn

James, père adoptif de Wyn

Rose, mère adoptive de Wyn (décédée)

Le conseil

Gwain, maître d'armes

Ada, second de Gwain

Tamara, maîtresse de maison (et maîtresse espionne)

Algonquin, bibliothécaire

Zephyr, maître des ailes

Theodore, guérisseur

Magnus, trésorier

Anthony, nouveau trésorier

Amis

Blaze, licorne extraordinaire

Chesca, démone (décédée)

Aodh, l'amant de Chesca (décédé)

Flora, déesse du Printemps

Thor, dieu du tonnerre

Lucifer, qui n'est pas vraiment le diable, mais juste un dieu très effronté

Ennemis

Angus, roi de l'Été

Bridget, son épouse

Morrigan, déesse de la Mort

Les démons… eh bien, ils sont diaboliques

CE QUI S'EST PASSÉ AVANT

Après la perte de sa mère et de Chesca, Wyn est en deuil et tente de noyer son chagrin en prenant des *sparklies*. Bien sûr, les drogues ne sont pas une solution et elle doit finalement faire face à son chagrin. Ce faisant, elle parvient à se tuer et se retrouve à nouveau dans la bibliothèque des vies, où elle découvre que son père est toujours en vie.

Pour sauver Wyn, et empêcher l'effondrement du palais, Beira dépense toute son énergie magique et se retrouve alitée et malade. Cela signifie que Wyn doit maintenant prendre la place de sa mère et gouverner le royaume. Entre deux obligations royales, elle prend des leçons de combat avec Thor et s'amuse avec ses gardiens (chapitre 5, pour les détails torrides).

Il s'avère qu'Ada et ses hommes ont disparu avec le métamorphe dragon qui a empoisonné Wyn. Dans un autre développement inattendu, la déesse du Printemps, Flora, fait son apparition et devient l'alliée de Wyn qui la protégera d'Angus.

Un faux Crispin, un clone créé par la Morrigan, pénètre dans le palais et parvient presque à tuer Wyn, mais il est arrêté à temps et se retrouve dans les cachots, où Arc l'interroge. Le prisonnier leur parle du château de Tioram, un endroit en Écosse où la Morrigan a créé une porte conduisant au royaume des démons. Supposant que le père de Wyn est détenu là-bas, Frost, Storm et Arc prennent la direction de Tioram.

Face au danger, Wyn se retrouve soudain à fusionner avec sa magie et devient ce qu'elle était destinée à être : une déesse. Elle réussit à aider ses gardiens et à libérer son père, mais de nouveaux défis l'attendent...

PROLOGUE

Être une déesse n'est pas une sinécure. Le pire n'est pas le besoin de se téléporter au hasard dans des endroits éloignés ni d'empêcher les gens de se prosterner devant moi dans la rue. Non, c'est le fait que je ne peux plus voir mes hommes comme avant.

Ma vision a changé, mes yeux ne sont plus humains. Je vois la magie partout, en chacun, mais elle masque leurs traits, m'empêchant de voir les corps. Tout ce que je vois, c'est leur magie, leurs émotions, leurs âmes. J'appelle cela leur aura, même si je suis convaincue qu'il doit exister un terme plus technique.

Mais ce n'est pas la même chose. Je préférerais revoir leurs visages. Le sourire effronté de Crispin, celui, discret, de Frost, les sourcils moqueurs d'Arc et même le froncement de sourcils boudeur de Storm. Je ne peux pas les voir, malgré toute ma magie. Cela me déchire le cœur de ne plus voir leur expression pendant qu'ils parlent.

Ils brillent et étincellent, leurs silhouettes sont lumineuses, ce n'est donc pas comme si j'étais aveugle, mais la couleur de la magie gomme les détails. Je ne veux pas voir tous leurs secrets les plus intimes. Ce n'est pas bon pour notre relation. Je me demande s'ils ont peur de moi, la nouvelle Wyn. Ils m'appellent la déesse Wynter, la nouvelle déesse de l'Hiver.

Je renoncerais volontiers à tous mes nouveaux pouvoirs si seulement je pouvais revoir leurs sourires.

CHAPITRE

UN

J'étudie le livre de la bibliothèque des vies. Il est apparu sur mon bureau le jour où je suis devenue une divinité. Pas étonnant que je ne l'ai pas eu plus tôt : il mentionne sans doute que je ne suis pas une demi-déesse ordinaire. Non, je suis une déesse maintenant. *Youpi*.

Je sais qu'il me suffira de l'ouvrir pour que les connaissances qu'il contient s'infiltrent dans mon esprit. J'ai découvert cette nouvelle compétence hier en ouvrant au hasard l'un des livres posés sur le bureau de ma mère. Je sais à présent tout ce qu'il y a à savoir sur les herbes de son royaume, alors même que je n'ai pas lu une seule page du livre. Je trouve effrayant de savoir que, si je le voulais, je pourrais parcourir la bibliothèque royale et apprendre tout ce qu'il y a dans ses livres en l'espace d'une journée. Mais je ne crois pas que ce serait judicieux. Déjà, des images d'herbes dessinées à la main me viennent en tête à des moments aléatoires, et ce n'était qu'un seul livre. Je crois que ma tête exploserait si je faisais cela avec plus de quelques livres.

Mais l'ouvrage que j'ai sous les yeux est différent. Il y est question de demi-dieux, et je sais que l'on y parle de moi. Lors de ma première visite à la bibliothèque des vies, le préposé m'a cherchée dedans. J'ai l'impression que c'était il y a très longtemps. Ma première expérience de la mort. Le guide de l'immortalité. La bataille contre une entité qui prétendait être ma mère.

C'est étrange : à l'époque, je voulais absolument en savoir plus sur les demi-dieux, et maintenant, je n'en ai plus besoin. À moins que tous les demi-dieux ne se transforment en dieux à un moment donné. Non, j'en doute ; quelqu'un m'aurait prévenue. Tout le monde a été aussi surpris que moi lorsque je me suis subitement transformée en mon nouveau moi. Je n'aurais jamais cru qu'une telle puissance puisse traverser mon corps sans me tuer. Ma magie est passée du statut de chat à celui de lion et sa grotte est à peine assez grande pour la contenir. Où que j'aille, la magie s'éveille. Les lumières commencent à vaciller, de minuscules fleurs de glace poussent sur les fenêtres, quelque chose explose. Oui, il y a eu beaucoup d'explosions. Heureusement, personne n'a été blessé… pour l'instant. Je ne sais pas quoi faire de tout ce pouvoir auquel j'ai maintenant accès. C'est plus du double de la magie que j'avais avant, et même plus. Je pourrais raser tout le palais si je le voulais. Peut-être même les villages alentour. Je suis puissante, maintenant, et cela m'effraie. Mais je ne vais pas le dire aux gens. Surtout pas à mes gardiens. Je veux être la bonne vieille Wyn ordinaire quand je suis près d'eux, pas la déesse qui a la tête pleine de connaissances et de nouveaux désirs.

Quelqu'un frappe à la porte et je l'ouvre d'une simple pensée. Je n'ai même pas besoin de réfléchir à la *manière* dont j'utilise ma magie, je me concentre simplement sur le résultat escompté et il se produit. Cela rend les choses plus faciles, mais aussi plus incontrôlables. Et si je mettais trop d'énergie dans mon geste, et que la porte sortait de ses gonds ? Je pourrais blesser quelqu'un. C'est ma plus grande crainte à l'heure actuelle. Faire du mal aux autres avec mes nouveaux pouvoirs.

Avant qu'elle dise un mot, je sais que c'est Tamara. Encore un cadeau utile lié à mon statut de déesse.

— Ma princesse, j'aimerais vous parler à nouveau du couronnement.

Je me retourne et lui lance un regard noir.

— Non.

Tamara est âgée, et ses cheveux blancs encadrent un visage ridé, mais elle possède une force comparable à celle des généraux. Elle est aussi plus importante qu'eux tous, car, en secret, c'est une maîtresse-espionne.

— C'est le souhait de votre mère. Voulez-vous vraiment aller à l'encontre de cela ?

— Oui. Ce n'est pas bien.

Tamara soupire. Nous avons déjà eu cette discussion et je ne pense pas que nous parviendrons à un accord aujourd'hui non plus.

— Wyn, elle a besoin que vous vous mettiez en avant et que vous preniez sa place. Il y aura une guerre bientôt et dans son état actuel, elle ne peut pas diriger notre peuple.

— Je peux les diriger en tant que princesse, réponds-je avec autant d'autorité que possible pour faire valoir mon point de vue. Je n'ai pas besoin d'être reine pour cela.

— Je vous l'ai dit, être couronnée en tant que reine confère des pouvoirs. Le pouvoir de diriger, de guérir, de donner confiance au peuple. Vous devez les inspirer, et même si, pour le moment, ils sont tous fascinés par votre ascension vers la divinité, cela ne durera pas éternellement. Certainement pas au milieu de la bataille, face à l'épée de l'ennemi.

Je secoue la tête.

— Ma mère guérira. Une fois qu'elle sera redevenue comme avant, que se passera-t-il ? Y aura-t-il deux reines ?

Les yeux farouches de Tamara s'adoucissent un peu.

— Vous savez qu'elle ne se remettra pas. Pas avant que le roi de l'Été n'ait été repoussé, mais d'ici là, il sera peut-être trop tard. Nous avons besoin de vous maintenant, Wyn. Nous avons besoin de vous en tant que notre reine.

— Non, je ne peux pas.

Je m'enfonce dans mon grand fauteuil en cuir. C'est une situation impossible. Ma mère n'ira pas mieux avant la fin de la guerre, mais pour la gagner, nous avons besoin d'une reine. Mais je ne peux pas le faire… je ne peux pas. J'ai l'impression de trahir ma mère, même si c'est elle qui a fait la suggestion.

Elle l'a exigé, en fait. Ma mère ne m'a pas demandé de prendre son rôle. Elle m'a *dit* de le faire.

— Comment va mon père ? demandé-je, espérant changer de sujet.

Je suis convaincue que Tamara va réessayer, mais j'espère avoir un peu de répit.

— Il a demandé à vous voir, répond-elle, se tournant pour partir. Peut-être l'écouterez-vous.

Dès qu'elle franchit la porte, je la referme par magie. Il est possible que j'aie intentionnellement mis trop de force pour qu'elle se referme avec fracas. *Oups*. De toute façon, personne n'osera me réprimander. Même si je ne suis pas la reine, les gens ont commencé à me traiter comme telle, même les membres du conseil. C'est pénible.

Je signe deux autres documents que quelqu'un, sans doute Mara, a mis dans ma corbeille, puis je quitte mon bureau pour me rendre dans les quartiers royaux. Il y a deux jours, mon père est sorti de l'aile-hôpital pour récupérer dans un environnement plus confortable. Physiquement, il est presque totalement guéri, mais ce n'est pas le cas mentalement. La mort de ma mère et son emprisonnement l'ont marqué. Il n'est pas l'homme dont je me souviens. Il a toujours été très émotif, mais maintenant, il est au bord des larmes pratiquement chaque fois que je le vois. Je l'envie de pouvoir montrer ses émotions aussi ouvertement. De mon côté, je dois maintenir la façade pour que mes sujets ne voient pas ce que je ressens intérieurement. Qu'ils ne voient pas combien je suis brisée.

Deux gardes se tiennent devant les portes menant aux nouveaux quartiers de mon père. Ils font une profonde révérence en me voyant approcher, et ouvrent les doubles portes pour moi. Au moins, ils ne m'appellent pas « reine » comme certains autres gardes récemment. J'ai dû les menacer de les rétrograder s'ils recommençaient. C'est de la trahison.

Mon père est encore au lit, son corps ne formant plus qu'un petit relief sous les draps. Il a perdu énormément de poids pendant son emprisonnement, et bien que les cuisiniers lui préparent tous ses plats préférés, il ne mange pas beaucoup. Je crois qu'il a perdu la volonté de continuer comme avant. Il ne prend pas soin de lui non plus ; sa barbe est hirsute, à mille lieues du père rasé auquel j'étais habituée. Je dirai à l'un des coiffeurs de lui rendre visite. Peut-être est-ce parce qu'il est trop faible pour se raser.

— Papa, comment vas-tu ?

Il est réveillé, il regarde le plafond. Mon cœur commence à se serrer en le voyant en si piteux état. Les choses ne sont pas censées être ainsi. Il a toujours été un modèle pour moi, même s'il était maladroit.

— Papa ? l'appelé-je à nouveau, m'asseyant sur le bord du lit.

Il ne réagit pas, il se contente de regarder au-dessus de lui. Je jette un coup d'œil rapide pour voir s'il y a quelque de spécial, mais non, c'est un plafond ordinaire et ennuyeux. Il n'y a même pas de lumières flottantes ici.

— Y a-t-il quelque chose que je puisse faire pour toi ? lui demandé-je doucement, prenant ses mains dans les miennes.

Enfin, il semble se rendre compte que je suis là.

— Wyn ?

— Oui, en chair et en os.

Il ne sourit pas ; du moins, son aura ne laisse transparaître aucune trace d'humour.

— C'était un cauchemar ? demande-t-il lentement.

L'espoir vain dans sa voix me fait encore plus mal au cœur.

— Non, papa, ce n'était pas un cauchemar. Elle est morte.

— Elle était si courageuse, murmure-t-il. Tellement courageuse. Tout comme toi.

Je grimace.

— Je ne suis pas courageuse. Si je l'étais, je serais déjà dans le château de la Morrigan, et je lui ferais payer ce qu'elle a fait. Mais non, je me suis enfuie comme une lâche.

Il se redresse un peu et je l'aide en plaçant un oreiller derrière son dos.

— Tu avais des gens à protéger. Parfois, il est plus courageux de ne pas rester pour se battre que de prendre les armes.

Je le fixe du regard.

— Quand es-tu devenu philosophe ?

Il fait la grimace.

— Je l'ai toujours été. Seulement je n'ai jamais eu l'occasion de parler de batailles et de courage auparavant. J'aurais aimé ne pas avoir à le faire maintenant.

— Moi aussi, je soupire. Le monde est devenu très étrange. Certains jours, j'ai juste envie de retourner sur Terre et de vivre à nouveau ma vie d'humaine.

— Non, dit-il, la voix un peu plus forte maintenant. Ta place est ici. C'est ton monde, Wyn. Notre vie ne t'aurait jamais suffi. Tu es appelée à devenir quelque chose de plus grand que nous, et je pense que tu le sais. Regarde-toi, regarde comment ils te traitent. Tu es spéciale, ma chérie.

Je secoue la tête.

— J'aimerais ne pas l'être.

— Nous voulons tous être quelqu'un que nous ne sommes pas, répond-il, et j'entends un sourire dans sa voix.

J'aimerais voir son visage correctement.

— Je ne veux pas être veuf. Je ne veux pas être une victime de la Morrigan. Mais, tu sais quoi ? Je suis fier d'être le père d'une déesse.

Son aura étincelle de fierté. J'ai envie de lui dire que je ne suis pas une déesse digne de ce nom, qu'il n'y a pas de quoi être fier, mais je ne veux pas éteindre cette étincelle.

— Si tu te sens d'attaque, je peux te présenter à la cour, dis-je, profitant du fait qu'il ait plus d'énergie que d'habitude. Ils sont tous très curieux au sujet de l'humain qui m'a élevée.

— Oh, non ! Je ne crois pas que ce soit fait pour moi. Ta mère aurait adoré, j'en suis sûr, mais je préfère rester ici, si ça ne te dérange pas. Je ne suis pas fait pour les foules.

Je souris.

— Oui, pour être honnête, je préférerais rester ici aussi. Mais cela fait partie du travail, lui réponds-je avec un soupir. Je dois y retourner. Il y a une réunion du conseil tout à l'heure à laquelle je dois me préparer. Je pense que ce sera long.

— Je ne vous envie pas. Même si cette femme, Tamara, semble très compétente.

— Mara est venue ici ?

— Oh, oui ! Elle voulait que je lui parle de la prison dans laquelle j'ai été détenu. Elle s'est montrée très gentille à ce sujet.

D'une certaine manière, j'ai du mal à imaginer Tamara se

montrer très gentille, mais s'il le pense, c'est mieux. Je suis heureuse d'avoir une chose de moins sur ma liste. J'ai attendu jusqu'à maintenant pour lui poser des questions sur ce qui lui était arrivé. Storm m'a fait un rapport complet après notre retour au palais, et il a eu une bonne vue d'ensemble de la cachette de la Morrigan.

Je n'arrive pas à croire que cela ne fait qu'une semaine que nous sommes revenus de là-bas. Il s'est passé tant de choses, et pourtant, cela aurait pu être pire. Ma vie personnelle a changé, tout mon être a changé, mais pas la situation politique. Nous n'avons pas eu de nouvelles de la Morrigan depuis que nous avons libéré mon père de ses cachots. Elle n'est plus là-bas, mais au cas où elle reviendrait, nous avons des espions qui surveillent la porte.

Angus a cessé de déplacer ses troupes, mais elles sont proches des frontières. C'est comme si tout le monde retenait son souffle, attendant ce moment inévitable où la grande bataille commencerait. Pour l'instant, j'espère que nous pouvons prolonger ce temps de paix. Enfin, peut-être pas la paix. L'absence de guerre ouverte.

Je dis au revoir à mon père et je demande à l'un des gardes à la porte d'appeler le coiffeur. Voyons si mon père comprendra l'allusion.

Je retourne à mon bureau en me sentant un peu mieux. Même si mon père semblait traumatisé lorsque je suis venue lui rendre visite, sur la fin, il semblait un peu plus lui-même. C'est un progrès et cela me donne de l'espoir.

Je referme la porte de mon bureau derrière moi et m'y adosse en respirant profondément. Retour à la vie d'héritière.

— Dure journée ?

Je sursaute et prépare ma magie, avant de constater que Frost est assis sur ma chaise, les jambes posées sur le bureau.

— Que fais-tu ici ? lui demandé-je, repoussant ma magie qui se débat.

— Je viens voir comment tu vas.

Il y a de l'humour dans sa voix, et je suis sûre qu'il sourit. J'aimerais pouvoir le voir.

— Tu as l'air triste, me dit-il doucement, et il se lève de ma chaise.

— Je ne me suis pas faite à tous ces changements, marmonné-je en me laissant aller dans son étreinte. Cette histoire d'œil me perturbe.

Il me serre très fort dans ses bras.

— Nous allons trouver une solution. Ta mère voit normalement, alors je suis sûr qu'il y a un moyen. D'ailleurs, pourquoi voudrais-tu nous regarder ? Crispin est le seul à être beau.

J'éclate de rire.

— Essaierais-tu de me faire dire que vous êtes tous plutôt beaux ?

— Tu m'as eu. Maintenant, dis-le.

Au lieu de cela, je l'embrasse. Heureusement, mon corps connaît bien celui de Frost et sait exactement où ses lèvres m'attendent. Je n'ai pas besoin de voir pour ça.

Il entrouvre les lèvres et me laisse entrer. Je l'embrasse fort, de façon possessive, pour lui montrer qu'il est à moi et que je ne le lâcherai pas. J'ai failli le perdre la semaine dernière et je n'ai pas l'intention de laisser une telle chose se reproduire. La mort ne doit pas se mettre entre nous. Pas entre Frost et moi, et pas non plus entre les autres garçons et moi. Mourir n'est pas autorisé.

Nos langues dansent et il fait glisser ses mains dans mon dos jusqu'à atteindre la ceinture de mon pantalon. Je refuse de porter des robes en ce moment. Porter de jolis vêtements alors que la moitié du pays se prépare à la guerre ne me semble pas correct. Du moins, c'est mon excuse.

Frost passe une main sous le tissu et la promène sur ma peau nue.

— J'ai envie de toi, marmonne-t-il, respirant fort.

Je ne prends pas la peine de répondre. À la vue de mes mamelons durcis qui se collent à son torse et de mes doigts qui tâtonnent sur sa ceinture, je suis convaincue qu'il sait à quel point j'ai envie de lui. Pourquoi faut-il toujours qu'il porte une ceinture ? Cela rend les choses difficiles.

Ensuite, je me souviens que je suis devenue une déesse, et je souris.

— Regarde ce que je peux faire, murmuré-je alors que je demande à ma magie d'intervenir.

— Je suis nu ! remarque Frost une seconde plus tard. Toi aussi.

— C'était le but, réponds-je en riant. Regarde le bureau.

Il se retourne et éclate de rire.

— Tu es très efficace.

— Les avantages du métier.

J'ai soulevé tous les objets qui traînaient sur le bureau et les ai déposés dans un coin de la pièce. Je n'ai jamais fait l'amour sur une table auparavant, mais cela me semble très amusant.

Sans crier gare, Frost me soulève et me porte jusqu'au bureau. J'enroule mes jambes autour de lui ; son sexe est déjà dur contre mes fesses. Je n'ai pas l'impression que nous aurons besoin de préliminaires aujourd'hui. Il m'assied sur la table et se penche pour m'embrasser à nouveau. Son souffle est chaud contre le mien ; son parfum d'algues fraîches caresse mes sens. Mon Frost. Je m'accroche à lui, le poussant à se rapprocher et à me pénétrer. Il n'a pas besoin de beaucoup d'encouragements. Son membre est dur, et je suis prête pour lui. Il se glisse en moi sans trop de résistance et je gémis contre sa bouche. Je crois que mes ongles laissent des traînées rouges sur son dos, mais il ne se plaint pas. Il accélère le rythme, me pénétrant de plus en plus vite. Mes seins frottent son torse, envoyant de minuscules décharges électriques au creux de mon ventre.

La table gémit sous nos corps, mais j'envoie une vague de magie pour m'assurer qu'elle ne s'effondrera pas. Ce serait un véritable tue-l'amour.

Plus je me rapproche du point de non-retour, plus forts sont mes gémissements. Frost respire fort, ses lèvres rencontrent les miennes à chaque fois qu'il me pénètre, puis repartent une seconde plus tard. C'est un jeu du chat et de la souris qui me rend folle. Je pourrais me servir de la magie pour le garder près de moi, mais je ne pense pas qu'il apprécierait.

Je sais qu'il me regarde sans doute, mais je ne peux pas le vérifier, car je ne vois qu'une silhouette lumineuse. La lumière dorée scintille tout autour de lui et se transforme soudain en milliers de petites étincelles lorsqu'il jouit en moi. Il me faut une seconde de plus, un autre coup de reins, puis je bascule à mon tour, enroulant mes bras autour de son cou pour me stabiliser. Des frissons me parcourent, et quelque chose explose.

— Wyn, contrôle ta magie, m'avertit Frost, mais il est trop tard.

Des étincelles jaillissent, des nuages arc-en-ciel se forment dans toute la pièce et une odeur de bois brûlé me monte au nez.

— Qu'est-ce que j'ai fait ?

J'ai du mal à me concentrer, mon esprit est encore fragmenté en morceaux très heureux.

— Euh… étagère… laisse-moi faire.

Il recule et je le vois rassembler sa magie de l'eau, dont le bleu azur contraste avec son or habituel. C'est étrange de voir quelqu'un d'autre faire de la magie. Il envoie son énergie magique vers l'étagère, comme un filet de fibres bleues, et une fois qu'elles ont atteint leur but, il envoie une étincelle qui les transforme en eau. Ce n'est sans doute pas ainsi que cela fonctionne réellement, mais c'est ce que me disent mes nouveaux sens.

— Ai-je brûlé des livres ?

Je refuse de me retourner pour constater les dégâts. Ne pourrais-je pas avoir des relations sexuelles normales juste une fois ? Il semble toujours y avoir des explosions, des incendies, ou quelqu'un qui nous interrompt. Au moins, cette fois-ci, nous avons tous les deux atteint l'orgasme avant que l'inévitable ne se produise.

— Un seul.

— Dites-moi… oh. Je crois que je sais lequel.

Je fais voler les restes du livre vers moi et les prends dans mes mains. Des fragments de connaissances sautent dans mon esprit, mélangés et brisés. Ce qui est certain, c'est que le livre n'est pas récupérable.

— Frost ? demandé-je, prudente. Tu sais que si l'on ne rend pas un livre à la bibliothèque des vies, on encourt la décapitation ? À ton avis, quel est le châtiment pour en avoir brûlé un ?

Son gémissement est une réponse suffisante. Il va y avoir un bibliothécaire très en colère quelque part.

CHAPITRE
DEUX

Storm est le seul membre du conseil absent. Il est aujourd'hui à la frontière sud, où il inspecte nos troupes. Je l'ai téléporté ce matin et je le récupérerai ce soir. C'est une astuce pratique, qui lui épargne un long vol. Actuellement, la vitesse compte. Nous ne savons pas quand et où nos ennemis attaqueront, mais cela ne saurait tarder.

Je suis sur le point de commencer la séance lorsque la porte s'ouvre à la volée.

— Votre Majesté, il y a un visiteur.

Je fronce les sourcils en regardant le domestique.

— Nous sommes en pleine réunion du conseil. Je suis sûr que ce visiteur peut attendre.

Le domestique grimace, mais il reste où il est.

— My lady… ce n'est pas un visiteur ordinaire. Il n'est même pas… Je suis désolé, Votre Majesté, mais c'est une licorne !

Je me mets à rire.

— Il s'appelle Blaze ?

Il acquiesce.

— Oui, il s'est présenté comme lord Blaze. J'ignore si c'est vraiment un lord, ou si c'est ainsi que les licornes parlent habituellement…

— Vous pouvez partir, maintenant, l'interrompt Gwain.

— Je vais voir Blaze, annoncé-je, déjà moitié sortie de la pièce. Si la licorne vient ici au palais, ce doit être important.

— Nous discuterons des choses moins importantes pendant votre absence, promet Tamara.

Cela me donne une raison de prendre mon temps. Plus je peux manquer la session du conseil, mieux c'est. Je ne comprends pas pourquoi nous devons discuter de tous les petits problèmes alors que la guerre est à nos portes. Qui se soucie aujourd'hui des litiges fonciers et des taxes sur les denrées alimentaires ? Eh bien… certains membres du conseil, apparemment. Et malheureusement, je dois les contenter pour qu'ils me soutiennent pour les affaires importantes. Comme les batailles à venir. *Soupir.* La vie d'un membre de la famille royale, ce n'est vraiment pas ce que l'on croit.

Je me précipite vers l'antichambre principale, où je suppose que Blaze se trouve. Enfin, je n'ai pas besoin de supposer. Je déploie ma magie et lui demande de trouver la licorne, et je suis heureuse de l'avoir fait. Blaze n'est absolument pas à l'intérieur, il attend dans une cour près de l'entrée du palais. Peut-être ne veut-il pas être entouré de trop d'humains.

Je change de direction et emprunte l'un des toboggans pour descendre plus vite au rez-de-chaussée. C'est vraiment ce que je préfère dans ce palais. Je dis « reine » et je m'assieds sur la première marche. Une seconde plus tard, les escaliers se transforment en un toboggan et je me retrouve emportée à une vitesse vertigineuse. J'aime le fait qu'ils aient appelé « reine » la vitesse la plus élevée. Maintenant que j'occupe le rôle de ma mère, je comprends tout à fait. Quand j'ai besoin d'aller quelque part, il faut toujours que j'aille vite.

Oh. J'aurais pu me téléporter. Suis-je bête ! Ai-je mentionné que je suis toujours en train de m'habituer à mes nouveaux pouvoirs ?

Maintenant, cela ne vaut plus vraiment la peine d'utiliser ma magie. Je prends deux virages et entre dans la cour par une porte en bois blanc, délicatement sculptée de vignes et de fleurs.

Blaze se tient maladroitement au centre de la place et pousse une fleur bizarre avec sa corne. Il doit s'ennuyer.

Cette licorne est fascinante à regarder. Il étincelle complètement, pas seulement en surface. Son aura est couverte d'éclats arc-en-ciel, semblables à la brume arc-en-ciel de sa grotte. Cependant, l'élément le plus extraordinaire de son apparence, c'est sa corne. C'est là que toute sa magie semble se concentrer, tourbillonnant et se tordant dans l'espace confiné. Sa magie est d'un argent vif, presque trop vif, et bien plus puissante que je ne l'avais imaginé.

— Blaze, dis-je à voix haute, et il se retourne. Quel plaisir de te revoir !

Je me souviens de la dernière fois que je l'ai vu ; il était brûlé, et il avait peur de moi.

— Je te présente mes excuses pour ce qui s'est passé la dernière fois, ajouté-je. Je n'étais pas tout à fait moi-même.

Il incline la tête.

— Je sais, ne t'inquiète pas. Je ne suis pas parti à cause de toi. J'ai été appelé ailleurs.

— Ah oui ?

Je m'assieds sur l'un des bancs. Il fait un froid glacial et j'insuffle un peu de magie dans le métal pour le rendre agréable et confortable. Avant, il aurait fallu que je réfléchisse longuement pour y parvenir. Aujourd'hui, je me contente de penser « réchauffe-toi » pour que cela se produise. Jamais je n'aurais eu besoin de prendre des leçons avec mes garçons si la magie m'avait été aussi simple dès le début. En même temps, je suis heureuse d'avoir acquis une connaissance détaillée du fonctionnement de la magie. Si jamais je perds ces nouveaux pouvoirs, je n'aurais pas à repartir à zéro.

— J'ai des nouvelles de l'un de tes amis, commence Blaze. Mais d'abord, j'ai entendu dire que la reine Beira était souffrante ?

J'acquiesce et je soupire.

— Oui, elle est malade depuis un certain temps. J'assure ses fonctions à sa place jusqu'à ce qu'elle se rétablisse.

— Va-t-elle se rétablir ? demande Blaze, la voix un peu plus aiguë que d'habitude.

Je le regarde, surprise.

— Oui. Quand Angus aura été vaincu.

— Tu en es sûre ? insiste la licorne, qui n'a pas l'air de me croire.

Je soupire à nouveau.

— Oui. Dis-moi, quel est le message ? Quel ami ?

— La jolie gardienne qui est allée voir les dragons. Ada.

— Attends, tu sais où se trouve Ada ?

Je suis si surprise que je manque de bondir du banc, mais je parviens à me contrôler. Un tel comportement ne serait pas très digne d'une reine. D'une princesse, je veux dire. Je ne suis pas la reine.

— Oui. Elle m'a appelé auprès d'elle, même si elle ne le savait pas. Ses gardiens et elle ont beaucoup voyagé et vécu de nombreuses aventures. Je ne suis pas sûr de croire tout ce qu'elle m'a raconté, mais qui sait, c'est peut-être vrai. Quoi qu'il en soit, elle a suivi ce dragon jusqu'à son royaume.

— Le royaume des dragons ? lui demandé-je, l'interrompant.

Nous pensions qu'ils soutenaient la Morrigan. Ils n'ont répondu à aucun de nos messages et leur ambassadeur a disparu.

— Ils ne la soutenaient pas, du moins pas volontairement. Elle avait une emprise sur eux, mais plus maintenant. Ada dit que les dragons te soutiendront, mais qu'ils veulent d'abord te rencontrer en personne. Ils veulent savoir si tu es assez forte pour les mener dans la bataille, dit-il avant d'éclater de rire. Ils sont presque aussi fiers que les licornes.

Je laisse ses paroles flotter à nouveau dans mon esprit. Les dragons. Ada. Le prisonnier. J'avais presque oublié son existence et celle de l'homme qu'elle avait libéré de nos cachots. Nous avions des sujets bien plus importants à régler, et nous n'avions pas les ressources nécessaires pour les rechercher. À présent, je suis bien contente que nous ne l'ayons pas fait. Apparemment, elle a réussi à accomplir un véritable exploit.

— Où veulent-ils me rencontrer ? demandé-je à Blaze. Est-ce qu'ils viennent ici ?

Il secoue sa grande tête.

— Non, ils n'ont pas assez confiance pour ça. Quand tu sauras ce qui leur est arrivé, tu comprendras. Ils veulent que tu te rendes au royaume des dragons, et bientôt. Je te recommanderais d'y aller dès demain.

Je le regarde, bouche bée.

— Demain ? Sais-tu à quel point mon planning est chargé ? Je ne peux pas simplement disparaître dans un périple joyeux au pays des dragons.

Il hennit.

— Tu es une déesse, maintenant, Wyn. Tu peux faire ce que tu veux.

— Comment sais-tu que je suis une déesse ?

— Ton odeur est différente. Je parie que les *sparklies* n'auraient plus autant d'effet sur toi qu'avant. Tu veux essayer ?

Je frissonne au souvenir de la première fois où j'ai pris ses *sparklies*. Je me suis transformée en une folle énamourée et aux hormones en ébullition. Ensuite, je suis devenue accro. Non, je ne veux plus jamais m'approcher de ces trucs.

— Essaies-tu de me provoquer ? demandé-je à la licorne, qui ricane.

— Peut-être. C'est amusant. Crois-tu que tu pourrais me donner à manger ? La route a été longue jusqu'ici.

Je souris.

— Qu'est-ce que tu aimerais ? Pour être honnête, je crois que je ne sais pas ce que mangent les licornes.

— De la magie. Nous mangeons de la magie. Tu devrais le savoir, maintenant.

— Comment ça marche ? m'enquiers-je.

Je n'en ai pas la moindre idée. Lors de notre tout premier pique-nique dans sa grotte, il n'a pas partagé notre repas, et lors de mes visites suivantes, je ne l'ai jamais vu manger non plus. Mais de la magie ? Est-ce qu'il mange *ma* magie ?

— C'est comme paître. Il y a de la magie partout, elle ne demande qu'à être absorbée. Et dans un palais comme celui-ci, la magie est presque envahissante. Je peux en sentir le goût. Il te suffit de me montrer un endroit où l'on utilise beaucoup de magie, et je serai heureux.

Je réfléchis un instant.

— Le mieux, c'est sûrement l'une des cours d'entraînement. Il devrait y avoir beaucoup de magie là-bas.

Je guide Blaze à travers le palais, ce qui lui vaut probablement de nombreux regards curieux. Pour une fois, je suis contente de ne pas voir le visage des gens. Je ne suis pas sûre que beaucoup d'entre eux aient déjà vu une licorne. Mes gardiens m'ont dit que Blaze était le seul qu'ils aient jamais rencontré, et ils ont beaucoup plus voyagé que la plupart des habitants du palais.

Quand nous entrons dans la cour d'entraînement la plus proche, quelques gardiens courent en tous sens et se tirent dessus avec de la magie. La plupart des leçons de combat ont été reportées pour faire place aux préparatifs de guerre, mais quelques-unes ont encore lieu pour les gardiens les moins expérimentés. Cela fait longtemps que ma mère a cessé d'en créer de nouveaux, mais certains des autres dieux et déesses puissants fabriquent encore des gardiens à l'occasion, dont beaucoup se retrouvent ici, au palais, pour nous servir, nous divertir et probablement nous espionner.

Quand le premier nous aperçoit, il crie et quitte son adversaire des yeux. J'écarte la boule de feu qui allait le toucher, et je leur fais signe de s'en aller. Ils s'inclinent et s'enfuient. Suis-je à ce point effrayante ?

— Tu aurais pu les laisser rester, se plaint Blaze. Leur magie avait bon goût.

Je hausse les épaules.

— Trop tard. Est-ce qu'il y a assez à manger pour toi ici ?

Il baisse la tête vers le sol et sa corne se met à scintiller davantage. Grâce à mes nouveaux sens, je vois comment sa corne s'imprègne de la magie de l'environnement. Fascinant.

— Ce sera long ? lui demandé-je alors que j'observe la magie qui se dirige lentement vers Blaze.

— Miam ! dit-il, comme s'il mâchait quelque chose. Peut-être une heure, peut-être deux. Il y a beaucoup de magie ici. C'est un tel gâchis ! Je devrais venir plus souvent.

Une heure ? Sérieusement ? D'un autre côté, nos grands festins prennent bien plus de temps que ça, alors je suppose que je devrais lui laisser un peu de répit.

— Je vais te laisser seul pour profiter de ton repas. Préviens un garde quand tu seras prêt, et je reviendrai.

Blaze ne répond pas, trop occupé à croquer de la magie. Je souris et je le laisse faire, et je retourne à la salle du conseil.

J'ENTENDS le bruit de loin. La session doit être animée. Le conseil est moins divisé depuis que je me suis séparée de Magnus, le trésorier, et que je l'ai remplacé par Anthony, mais il y a toujours beaucoup de débats. Tous les membres sont habitués à être des experts dans leur domaine particulier et ne reçoivent généralement pas beaucoup de critiques.

Je soupire et entre dans la pièce sans prévenir. Ils se taisent tous. Bien. Je me dirige vers mon presque trône au bout de la table et je m'assieds, les regardant fixement.

— Quel est le problème ? leur demandé-je après les avoir fait patienter quelques secondes, me tournant vers Tamara.

— Pendant votre absence, nous avons reçu des nouvelles. Le clone est mort.

— Le faux Crispin ?

Une fois qu'Arc l'a eu interrogé et que nous avons découvert où se cachait la Morrigan, je n'ai plus pensé à lui. Il devait rester dans les cachots pour toujours. Je ne pouvais pas le tuer, il ressemblait bien trop à Crispin. Arc m'a dit qu'à l'intérieur, il n'avait rien en commun avec lui, mais non, l'exécuter n'était pas une option. J'ai donc dit aux gardiens qu'il devait rester emprisonné indéfiniment.

— Oui, répond Tamara. Il a été retrouvé mort il y a une heure. Nous n'avons pas encore pu déterminer la cause du décès, mais il n'y a pas de blessures apparentes.

— Il a été déshabillé et fouillé lorsqu'il a été placé dans sa cellule, il ne peut donc pas s'agir d'un poison, affirme avec assurance le guérisseur Theodore.

Je secoue la tête.

— Ce pourrait être un poison si quelqu'un lui en a donné. À moins que la Morrigan puisse tuer ses créations à distance ?

Theodore hoche la tête à contrecœur.

— Je l'examinerai après cette réunion.

— Je viendrai avec vous, annoncé-je.

Son aura s'assombrit, et je pourrais parier qu'il en est de même pour son expression. Il ne m'apprécie pas, et j'ignore pourquoi. Je ne suis pas vraiment fan de lui non plus.

— De quoi d'autre devons-nous discuter ?

Tamara regarde les documents qui se trouvent devant elle.

— Nous avons maintenant des lettres de plusieurs dieux qui confirment par écrit qu'ils vont nous soutenir. La plupart d'entre eux ont promis un nombre relativement restreint de guerriers, sans doute parce qu'ils veulent voir comment vous réagirez. Je vous recommande de leur demander au moins le double de ce qu'ils proposent.

Je hoche la tête.

— Faites-le.

— Le royaume du Printemps est fortifié, et nos officiers aident à former leurs soldats. Aucun ennemi n'a été signalé, mais je suis sûr qu'Angus surveille la situation.

— Que savons-nous des faits et gestes d'Angus ? m'enquiers-je, impatiente d'en finir avec les petits problèmes et de passer aux nouvelles plus importantes.

— Pas grand-chose. Cela fait des semaines qu'il maintient ses armées dans la même position. Nous interceptons encore régulièrement des espions et des éclaireurs dans notre royaume, mais pas plus que d'habitude. C'est comme s'il attendait quelque chose.

— Sans doute la Morrigan, murmuré-je. Personne ne l'a encore vue ?

Tamara secoue la tête.

— Non, et pas de démons non plus. Aucun, ce qui est extrêmement suspect.

— Pas un seul démon ? répété-je, sachant à quel point c'est étrange.

Il y a toujours des démons qui sèment la pagaille, que ce soit sur Terre ou dans d'autres royaumes. Rarement dans celui-ci, car nos portes sont bien gardées, mais certains sont passés par accident. En général, ils sont tués à vue.

— Pas un seul, confirme Gwain. Mes hommes sont inquiets. L'absence de démons est pire que de les avoir à un endroit où nous pouvons les voir.

Oui, je comprends ce qu'il veut dire. La plupart des démons ne sont pas très intelligents, mais maintenant que la Morrigan a pris possession de leur royaume, nous devons supposer qu'elle en a le contrôle total, ce qui rend tout ce qui les touche très suspect.

— Y a-t-il une chance que nous puissions envoyer des éclaireurs dans le royaume des démons ? leur demandé-je, mais Gwain secoue aussitôt la tête.

— La porte du château de Tioram s'est refermée comme si elle n'avait jamais existé. Je n'ai jamais rien vu de tel. Elle a l'air morte ; on dirait qu'elle ne fonctionnera plus jamais. Bien sûr, nous avons toujours quelques personnes stationnées sur place pour surveiller la situation. Le problème, c'est qu'envoyer mes éclaireurs dans les royaumes démoniaques par nos portes serait une mission suicide. Je ne veux pas prendre ce risque.

Je soupire.

— J'aimerais que nous ayons encore Aodh et Chesca. Ils ont

réhabilité plusieurs démons qui pourraient être prêts à nous aider, mais sans eux, nous n'avons aucune chance de les trouver.

— Et n'oubliez pas ce qui s'est passé la dernière fois que vous avez fait confiance à un démon réhabilité, murmure Tamara, me rappelant le jour où mes parents ont été kidnappés.

C'est vrai. Je ne pense pas pouvoir à nouveau faire confiance à un démon.

— Donc, en gros, nous ignorons ce qui se passe avec les démons, avec la Morrigan, et, d'une certaine manière, avec Angus ? résumé-je, un sentiment d'angoisse au creux du ventre.

Gwain soupire profondément.

— C'est exact, Votre Majesté. Pour l'instant, il semblerait que nous n'ayons d'autre choix que d'attendre. Sinon, nous pourrions être les premiers à engager la bataille, mais je ne le recommande pas sans avoir plus d'informations sur les plans de la Morrigan.

— Je suis d'accord. Mais j'ai moi aussi des nouvelles, annoncé-je, et je sens tous leurs regards sur moi, bien que je ne puisse pas les voir.

Peut-être l'imaginé-je ou peut-être est-ce mon nouveau sens de la magie.

— Les dragons nous ont contactés.

Je souris à leurs réactions.

— Les dragons, Votre Altesse ? demande Algonquin, dont l'aura tourbillonne d'excitation.

— Oui, les dragons, confirmé-je en me tournant vers Gwain. Apparemment, votre adjointe ne nous a pas abandonnés.

— Ada ? s'enquiert-il, la voix pleine d'étonnement et de surprise. Elle vous a contactée ?

J'affiche un large sourire.

— Par l'intermédiaire d'une licorne, oui. Je ne connais pas les détails, mais il semblerait qu'elle ait voyagé jusqu'au royaume des dragons et qu'elle les ait convaincus de nous aider. Leur présence à nos côtés sera inestimable.

Je ne leur dis pas que je n'ai jamais vu de dragon métamorphe, et que j'ignore donc totalement s'ils sont capables de se battre. Pour ce que j'en sais, ils pourraient être minuscules, mais je ne laisse pas cette idée tempérer mon enthousiasme.

— Blaze, la licorne, dit qu'ils veulent d'abord me rencontrer pour décider si nous sommes dignes de leur soutien.

— Ce pourrait être un piège, intervient aussitôt Gwain. À quel point faites-vous confiance à cette licorne ?

Un tourbillon gris flotte dans son aura. Est-ce un doute ? Il va me falloir beaucoup de temps pour comprendre la signification de toutes les couleurs. Cette méthode est peut-être plus précise que la lecture des expressions faciales, mais elle est aussi bien plus déroutante.

Je repense à ma rencontre avec Blaze, qui m'a fourni des *sparklies*. Il était mon dealer, pour ainsi dire, mais d'une certaine manière, je lui fais entièrement confiance. Malgré toute sa hargne, son aura est pure et il n'y a pas de duperie là-dedans.

—Il est digne de confiance, dis-je fermement. S'il dit qu'il a rencontré Ada, c'est qu'il l'a vraiment vue. Et d'après ce que je sais d'elle, elle est tout à fait loyale.

Gwain acquiesce.

— Je n'aurais jamais dû douter d'elle, murmure-t-il tristement. Elle a toujours été un grand soldat et une amie.

— Tu n'étais pas le seul, répond Tamara d'un ton apaisant. Même moi, j'ai douté d'elle après sa disparition. Je pense que nous aurons des excuses à lui faire à son retour.

Anthony s'éclaircit la gorge, à ma grande surprise. C'est un excellent trésorier, mais il prend rarement la parole lors des réunions du conseil.

— Même si Ada et la licorne sont dignes de confiance, qui dit que les dragons ne leur mentent pas ? Ils pourraient se servir d'eux pour te faire entrer dans leur royaume.

— C'est vrai, concédé-je. Mais l'occasion est trop belle pour la laisser passer. Je vais m'y rendre, et je prendrai mes quatre gardiens avec moi. Non pas que je ne puisse pas me protéger moi-même, mais c'est bon d'avoir des yeux et des oreilles supplémentaires.

Je sens le désaccord et l'inquiétude des conseillers, mais j'ai pris ma décision.

Demain, je vais rencontrer des dragons.

TROIS

C'est comme au bon vieux temps. Mes hommes et moi, en quête d'alliés et à la poursuite de démons. Mais je suis maintenant une déesse et je peux nous téléporter, ce qui nous évite d'avoir à utiliser des trônes portatifs et des portes et d'avoir à voler. Mes conseillers m'ont dit qu'il était plus poli de se téléporter vers une porte du royaume des dragons plutôt que dans l'une de leurs colonies. Non pas que je sache à quoi ressemble leur royaume. Il est entouré de mystère, et peu de gens l'ont vu. Les dragons sont reclus par nature et préfèrent envoyer leurs ambassadeurs dans d'autres royaumes plutôt que d'autoriser des envoyés à pénétrer sur leurs terres.

Algonquin m'a envoyé un livre sur les dragons et je l'ai touché ; à présent, tout son contenu me trotte dans la tête. Je ne l'ai pas encore totalement assimilé, et une légère migraine palpite derrière mes tempes.

Je ris doucement.

— Quoi ? demande immédiatement Frost.

— J'ai un livre dans la tête, l'informé-je, riant de l'absurdité de la situation. J'ai touché un livre, et maintenant il est dans ma tête. Les pouvoirs de déesse sont bizarres.

Il rit lui aussi.

— Serais-tu en train de dire que tu n'étais pas bizarre avant ?

Je place les mains sur mes hanches en signe d'indignation.

— Je n'ai jamais été bizarre. Je suis normale, simplement le reste du monde ne l'est pas.

— Mais bien sûr ! dit Crispin dans mon dos, arrivant avec les deux autres. Faisons comme si je n'avais rien entendu, sinon je le prendrai comme une insulte. Je ne suis pas bizarre. Je suis Crispin.

— Tu dis ça comme s'il s'agissait d'une catégorie spéciale, marmonne Arc.

— Eh bien, c'est le cas, confirme Crispin d'un air joyeux. Il y a les Wyn, les Crispin et les bizarres.

Storm soupire.

— Est-ce qu'on pourrait être un peu plus sérieux ? Nous sommes sur le point d'entrer dans un royaume inconnu et nous n'avons aucune idée de ce qui nous y attend. Peut-être devrions-nous nous y préparer plutôt que de nous comporter comme des enfants.

— Es-tu en train d'accuser la princesse de ce royaume d'être puérile ? protesté-je avec un sourire. Je pourrais vous faire punir pour trahison.

Storm se penche pour murmurer dans mon oreille.

— Si quelqu'un doit punir les autres, c'est moi.

Je frissonne à la douce promesse de son ton. J'aime son côté dominant, même s'il n'a pas eu beaucoup d'occasions de le montrer récemment. Une fois que tout cela sera terminé, j'enfermerai mes hommes dans une chambre et je ne les laisserai pas sortir tant que nous n'aurons pas passé du temps de qualité ensemble. Nus, de préférence.

Je prends une grande inspiration. Je ferais mieux de me comporter comme un membre de la famille royale à partir de maintenant. D'après le livre qui me trotte dans la tête, les dragons sont farouchement fiers et tiennent à respecter les traditions. Même si je ne sais pas du tout en quoi elles consistent exactement, je suis sûre qu'il y aura beaucoup de faste et de cérémonies. Voilà pourquoi je porte une robe. Beurk. Cela semblait plus approprié que le jean et le chemisier que je portais à la réunion du conseil. Les gens d'ici ont fini par s'habituer à mon sens vestimentaire insensé, mais les dragons ne m'ont pas encore rencontrée. Alors, robe.

— Prêts ? demandé-je aux garçons, et je sens leur ascension à travers notre lien. Accrochez-vous à moi.

Arc m'enlace par-derrière, son large torse collé à mon dos. J'aimerais avoir le temps de savourer son contact, mais ce n'est qu'un vœu pieux. Les autres s'accrochent à mes bras, et nous partons.

Il n'existe aucun moyen de décrire la téléportation. C'est instinctif, un pouvoir brut qui est bien trop glissant pour l'exprimer avec des mots. Je pense à l'endroit où je veux aller et nous y sommes, même si c'est beaucoup plus compliqué que cela.

Cela prend moins de temps qu'un clin d'œil.

Une sensation de chaleur envahit mes sens, le genre de chaleur qui se presse contre votre corps et vous donne envie d'arracher vos vêtements. Je suis ravie de l'avoir anticipé, et de porter l'une de mes robes plus légères. Les garçons doivent étouffer dans leur armure. Je leur envoie de l'air frais, regrettant de ne pas être en train de les étreindre. Arc a déjà reculé, il ne me tient plus dans ses bras. Sans doute parce que cinq énormes femmes nous regardent.

Elles mesurent plus d'un mètre quatre-vingts, et elles sont

très, très larges. Pas grosses… juste larges. Comme si leurs hanches étaient plus larges qu'elles ne devraient l'être d'un point de vue anatomique. Ces femmes ne sont certainement pas humaines.

Des casques élaborés leur couvrent la tête ; chacun possède des cornes de formes différentes qui jaillissent du métal scintillant. Ils me font penser à ceux des Vikings, même si je sais qu'ils n'ont jamais eu de cornes sur les leurs. Ce n'est qu'un mythe, comme tant de légendes et d'histoires.

La femme au centre du groupe s'avance. Ses cheveux rouges encadrent un visage sévère. Une grande cicatrice part de sa joue gauche et remonte jusqu'à la racine de ses cheveux, lui conférant un air encore plus féroce. Elle pourrait porter une robe d'été comme moi et avoir l'air d'une guerrière.

— Princesse Wynter ? demande-t-elle d'une voix agréable, mais sérieuse.

Je m'avance à mon tour, sentant mes hommes prendre position derrière moi.

— Oui, merci pour l'invitation. Qui ai-je le plaisir de rencontrer ?

La femme baisse la tête.

— Je suis Agierth, protectrice du ciel. Voici mes sœurs, Ynade et Torsei, explique-t-elle en pointant du doigt les deux femmes de gauche, ainsi que Gayghys et Fraedurth.

Je sais déjà que je vais avoir du mal à me souvenir de ces noms. Ils ne sont pas vraiment courants.

— C'est un plaisir de vous rencontrer, réponds-je, sans trop savoir s'il y a un protocole à suivre. On m'a dit qu'Ada, ma maîtresse d'armes, était avec vous ?

Agierth acquiesce.

— Elle vous attend avec nos ladies royales. Suivez-nous.

Je pensais que nous allions marcher ou voler, mais l'une des femmes, Torsei peut-être, se tourne et agite les mains dans l'air, décrivant un mouvement circulaire compliqué. Fascinée, je regarde la magie extraite de l'environnement et tissée en une corde épaisse. Je n'ai jamais rien vu de tel, mais je sais que je pourrais facilement le reproduire maintenant que j'ai mes pouvoirs de déesse. La femme travaille la corde jusqu'à ce qu'elle soit trois fois plus longue qu'elle, puis elle la lance en l'air, reliant les deux extrémités pour former un cercle. La magie à l'intérieur des brins crépite et se répand, fusionnant avec elle-même encore et encore jusqu'à ce que l'intérieur du cercle soit recouvert d'une fine couche de magie. J'ai déjà vu ce type de structure auparavant. C'est une porte !

Elle ne sera pas stable éternellement, et elle n'est certainement pas permanente, mais cette femme a réussi à en créer une en quelques minutes.

— Est-ce que c'est ce que je pense ? marmonne Storm dans mon dos pour que les femmes ne l'entendent pas.

— Oui, réponds-je d'une voix tout aussi douce. Et je sais comment le faire. Imagine la facilité avec laquelle nous pourrons transporter nos forces d'un point A à un point B sans que j'aie à les téléporter.

— Il semblerait que ce soit déjà une bonne idée d'être venus ici, remarque Frost. Même si nous ne parvenons pas à les convaincre de se joindre à nous, nous avons appris quelque chose qui nous aidera à l'avenir.

— Venez, nous dit Agierth d'une voix qui ressemble à un ordre. Elle ne restera pas ouverte longtemps.

Deux de ses sœurs franchissent la porte en premier, puis Agierth les suit. Les deux autres nous attendent.

— Allons-y, dis-je d'un ton confiance, m'avançant vers la porte.

Sa magie m'appelle, me murmurant des secrets et des

souvenirs. La femme qui a fabriqué la porte a dû y mettre plus d'elle-même qu'elle ne le pensait. J'essaie de les bloquer, mais certaines de ses pensées se frayent tout de même un chemin dans mon esprit. Je frémis lorsqu'un souvenir particulier envahit mes sens. Je le mets de côté pour l'examiner plus tard.

— Qu'est-ce qui ne va pas ? s'enquiert Storm qui me voit vaciller devant l'intensité des images.

— Rien, réponds-je et je franchis le dernier pas, sachant que mes gardiens seront juste derrière moi.

C'est une traversée rude, qui ne ressemble pas aux portes normales. Non pas qu'elles soient toujours agréables à franchir, mais elles ne me donnent pas l'impression d'être presque déchirée en deux. Quand la porte me recrache enfin, il me faut un moment pour me stabiliser avant que je regarde où nous avons atterri.

Il fait encore plus chaud ici que lorsque nous sommes entrés dans le royaume, et j'aurais préféré être en bikini plutôt qu'en robe. Comment les gens affrontaient-ils cette chaleur ? Peut-être que si je n'avais pas grandi en Écosse, je serais plus habituée au temps chaud, mais pour l'instant, je ne peux rien y changer. J'invoque un peu plus d'air frais pour nous entourer, mes gardiens qui viennent de sortir de la porte, et moi.

— Je n'aime pas ça, remarque Arc. J'ai un peu la nausée.

— Ne m'en parle pas, répond Frost, la voix tremblante. Je crois que je vais vomir.

Avec une pensée, ma magie guérit ses maux d'estomac, puis je fais de même pour les autres, juste au cas où. Je ne veux pas que l'un d'entre eux vomisse dans le palais des dragons.

— Wyn, c'est toi qui as fait ça ? s'étonne Frost.

Je hausse les épaules.

— C'est facile.

Crispin arrive à côté de moi.

— Non. Cela m'aurait pris au moins une minute pour faire ça pour nous tous, et je suis un guérisseur expérimenté. Ta magie est incroyable, Wyn.

Je sens mes joues rougir. Je n'ai pas l'impression de pouvoir être fière de mes nouveaux pouvoirs. Je n'ai rien fait pour les mériter. Bien sûr, je suis reconnaissante de les avoir, car ils m'ont aidée à sauver Frost et mon père, mais je n'ai pas encore l'impression qu'ils soient à moi. Je repousse cette pensée, et regarde enfin autour de moi. Nous nous trouvons dans un grand espace ouvert entouré de murs de grès rouge, aussi hauts que certaines des plus grandes tours d'Édimbourg. Des dragons sont perchés au sommet. De foutus dragons géants, bien plus imposants que n'importe quel film ou peinture sur terre aurait pu les représenter. Ils sont trop beaux pour être réels. L'un d'entre eux a déployé ses ailes, les étirant haut dans le ciel. La lumière rouge du soleil en traverse les membranes, les faisant briller et étinceler. Des cornes se dressent sur la tête des dragons, tout comme sur les casques des femmes. Peut-être ont-elles la même forme quand ils se transforment ? Ou… peut-être que les cornes ne sont pas sur les casques, mais qu'elles poussent sur la tête des femmes ?

Les cinq qui nous ont accueillis attendent devant, en nous observant. Je ne vois pas leurs expressions, et je ne sais pas si elles sont impatientes, mais leurs auras ne m'envoient pas d'ondes négatives.

La grande étendue ceinte de murs dans laquelle nous nous trouvons mène à d'énormes portes en laiton situées en haut de quelques marches. Le palais doit se trouver derrière.

Je suis sur le point de dire aux femmes que nous sommes prêts à continuer quand quelque chose assombrit le ciel. Je lève les yeux, m'attendant peut-être à voir un gros nuage couvrant le soleil, mais non. C'est un dragon. Il est même plus gros que les dragons perchés sur les murs, et ses écailles semblent plus lisses, reflétant la lumière du soleil et la fragmentant en un million de points lumineux. Alors que les autres sont surtout de couleur rouge et terre, celui-ci est d'un bleu éclatant, avec des nuances de saphir se mêlant au lapis-lazuli. Je ne serais pas surprise que ses écailles soient en fait constituées de pierres précieuses.

Le dragon bat des ailes, créant suffisamment de vent pour que mes cheveux me volent sur le visage. Oh, oui ! L'ai-je mentionné ? Devenir une déesse a fait repousser mes cheveux. Ils sont bien plus longs qu'avant, atteignant presque mes hanches, et j'ai toujours envie de les couper, mais jusqu'à présent, je n'ai pas réussi à convaincre le coiffeur de s'en occuper. Je devrais peut-être prendre des ciseaux et le faire moi-même. Cette longueur n'est pas pratique.

Le dragon atterrit devant nous, faisant trembler le sol. Ses ailes sont encore déployées, montrant les muscles et les tendons qui permettent à la créature géante de voler. Deux cornes dépassent de chaque côté de son crâne et forment plusieurs délicates spirales. Son museau est large, et quand il ouvre la gueule, je vois de grandes dents pointues qui dépassent de ses gencives. Il est magnifique, mais je ne voudrais pas non plus me frotter à lui. Il pourrait me dévorer tout entière avant que je puisse me défendre avec de la magie.

Ce qui est étrange, c'est que je peux le voir. Ma nouvelle vision me permet de distinguer les structures et les plantes comme avant, mais tous les dieux et les gardiens sont cachés derrière leurs auras, ce qui m'empêche de voir leurs traits. J'avais supposé qu'il en serait de même pour les dragons. Peut-être ressemblent-ils trop à des animaux ? Non pas que je me plaigne, car c'est incroyable de voir tous les détails magnifiques de leurs corps puissants.

Le dragon rugit ; l'air glacial nous enveloppe.

Instinctivement, j'aspire un peu de l'air chaud qui nous entoure, et l'enroule autour des gars et de moi. C'est tellement étrange de voir des dragons des glaces vivre dans un climat aussi chaud.

Une étrange brume bleue se forme autour de la créature, de la même teinte que ses écailles. Pour mes nouveaux sens, cela ne ressemble pas à de la magie, mais qu'est-ce que cela pourrait être d'autre ? Le brouillard ne jaillit pas soudain de nulle part, surtout pas bleu et concentré sur une seule zone.

La brume s'épaissit jusqu'à couvrir totalement le dragon, caché par la couleur.

— Crois-tu qu'il se transforme ? demande Arc dans mon dos, mais avant que quiconque réponde, nous constatons qu'il avait raison.

Dans une rafale, le brouillard se dissipe, révélant l'une des femmes les plus étonnantes qu'il m'ait été donné de voir. Une robe bleue épouse ses larges hanches et son ample décolleté, et je ne suis pas surprise de voir que le tissu est de la même couleur que les écailles du dragon.

Elle est aussi grande que les femmes qui nous ont accueillis, si ce n'est plus. Ses cornes forment de délicates spirales, épaisses là où elles sont entourées de son abondante chevelure noire, et fines et pointues à leur extrémité. Elles brillent d'une légère teinte argentée, tout comme les cornes du dragon. *Mon Dieu !* C'est exactement ce que je pensais. Les cornes ne sont pas sur les casques. Ces femmes ont des cornes. Waouh. N'est-ce pas gênant ? Jusqu'à présent, nous n'avons vu que des dragons métamorphes femmes. Les hommes ont-ils les mêmes cornes ? Ne les gênent-elles pas lorsqu'ils veulent s'embrasser ?

Wyn, espèce d'idiote, forcément, c'est la première chose à laquelle tu penses ! Les baisers. Je devrais me concentrer sur la femme dragon qui marche vers nous.

Sa démarche est légèrement différente de celle des humains

et des gardiens, plus lourde et plus prudente, comme si elle était habituée à supporter davantage de poids. Cela ne la rend pas moins élégante et royale. Ce qui est sûr, c'est que c'est une femme avec laquelle il ne faut pas jouer.

— Ses yeux sont-ils bleus ? murmuré-je à l'attention des garçons.

Son visage est enveloppé de son aura magique, même si elle est moins intense qu'avec d'autres personnes. Je peux presque distinguer ses traits, mais je devine en grande partie.

— Oui, du même bleu que ses écailles, confirme Frost. C'est quelque chose.

— Cesse de la reluquer, le réprimandé-je, plaisantant à moitié.

Il est à moi, et j'ai bien l'intention que cela reste ainsi.

— Ne t'inquiète pas, les cornes ne me font pas d'effet, marmonne-t-il, et j'entends le sourire dans sa voix.

Storm s'éclaircit la gorge.

— Tais-toi, ça pourrait être interprété comme du racisme.

— *Corniste* ! s'amuse Crispin.

— La ferme ! répète Storm, et tous se taisent, juste à temps, car la femme dragon est maintenant à portée de voix.

Si elle a une ouïe normale. Ses oreilles me semblent être d'une taille standard. Il y a du mouvement derrière nous, et je me retourne. Les cinq sœurs, s'il s'agit bien de sœurs, car c'est peut-être simplement un terme qu'ils emploient ici, se tenaient derrière nous, mais maintenant, Agierth s'avance à grands pas, dépasse notre petit groupe, et se dirige vers la femme dragon. Et l'embrasse. Fort. Sur la bouche.

Storm s'éclaircit à nouveau la gorge. Je le comprends, je ne suis pas non plus sûre de ce que je vois. Est-il normal ici de s'embrasser ainsi en public ? Agierth ébouriffe les cheveux de l'autre femme, qui à son tour entoure la taille de cette dernière de ses bras, ses doigts effleurant presque ses fesses. Il s'agit d'une démonstration d'affection très publique.

Je ne sais pas trop quoi faire, et je ne sais pas non plus si c'est bien de les regarder. Peut-être s'attendent-elles à ce que tout le monde regarde ailleurs ? Ou bien veulent-elles que nous voyions ?

Je suis presque habituée à voir des gardiens et des dieux à moitié nus dans le palais de ma mère, mais ce n'est que de l'affection physique, une manière de satisfaire leurs désirs. Ici, c'est différent. Je vois l'amour que ces deux femmes éprouvent l'une pour l'autre dans leurs auras qui ont maintenant pris une teinte rouge. C'est la même couleur que je vois lorsque mes hommes sont près de moi. J'ai toujours pensé que ma couleur préférée était le bleu, mais depuis que ma vision a changé, j'aime mieux le rouge. La couleur de l'amour. C'est vraiment prévisible, et pourtant magnifique.

Finalement, les deux femmes se séparent. Pour être honnête, je me sens un peu ignorée. Je suis l'héritière du royaume de l'Hiver, je suis venue de loin jusqu'ici, et je pourrais être en train de préparer la guerre en ce moment. Oui, je veux leur aide, mais leur manière de nous ignorer est un peu exagérée.

Je m'avance pour attirer l'attention sur moi. Cela fonctionne. La femme en robe bleue concentre son attention sur moi, tout comme sa magie. Elle se répand dans l'air autour de moi comme si elle voulait me voir de tous les côtés. Je ne me sens pas menacée, mais j'augmente mes barrières au cas où. Je ne veux pas que, par accident, elle pose un regard dans mon esprit. Grâce à notre lien, je sens que les garçons font de même.

— Curieux, remarque la femme, assez fort pour que nous l'entendions. Tu es vraiment une déesse.

Je fronce les sourcils. On m'a dit que les dragons tenaient aux cérémonies et aux traditions, mais elle ne s'est pas encore présentée et ne m'a pas souhaité la bienvenue. Je suppose qu'il s'agit de quelqu'un d'important, mais elle ne se comporte pas du tout comme telle.

— Tu en doutais ? demandé-je, tâchant de garder un ton égal.

Je ne veux pas avoir l'air de la défier. Enfin, peut-être que si, mais je suis assez avisée pour ne pas le faire.

— Bien sûr. On nous avait dit que tu étais une demi-déesse, mais il y a quelques jours, l'un de nos espions nous a fait savoir que tu t'étais transformée en déesse. Je ne croyais pas une telle chose possible,

— L'un de vos espions ? répété-je, mais cette fois, cela ressemble vraiment à une accusation.

— Ma chère enfant, j'espère que tu n'es pas naïve au point de penser que je n'ai pas d'espions dans ton palais. Je ferais une bien mauvaise reine si ce n'était pas le cas.

Je lui adresse un sourire amical.

— Bien sûr. Simplement, je suis surprise que tu en parles aussi ouvertement. La plupart des gens aiment garder le secret sur l'existence des espions.

Elle agite la main comme si elle était bien au-dessus de « la plupart des gens ». C'est probablement le cas. L'autorité qui imprègne son aura n'a d'égale que celle de ma mère, même si la sienne n'est plus qu'un écho de ce qu'elle était auparavant.

— Allons à l'intérieur, propose la femme.

Elle se tourne sans un mot vers les grandes portes situées à l'autre bout de la cour. Agierth la suit de près, un bras toujours passé auprès de la taille de la reine.

— On y va ? demandé-je aux garçons, et ensemble, nous marchons derrière l'étrange couple et entrons dans le palais du dragon.

QUATRE

Le palais des dragons n'est pas très différent de celui de ma mère, mais tout est surdimensionné. À la taille d'un dragon, je suppose. Les plafonds sont presque trop hauts pour qu'on les voie dans la faible lumière créée par des centaines de torches enflammées sur les murs. Il n'y a pas de lumières flottantes ici. L'endroit est un peu plus rustique et démodé que ce à quoi je suis habituée, mais c'est tout de même impressionnant.

Les deux femmes ne nous attendent pas ; leurs grandes jambes leur confèrent un avantage, si bien que je dois presque courir pour les suivre.

— Elles ne sont pas très polies, murmure Frost derrière moi, mais son frère le fait taire immédiatement.

Il y a du monde partout ici, des gardes qui se tiennent devant les portes, des courtisans dans les coins, qui nous observent avec curiosité. J'aime le fait que seule la moitié des femmes portent des robes. Les autres sont vêtues de pantalons amples et de tuniques qui semblent faites d'un tissu de lin chatoyant.

Beaucoup de gardiens sont également des femmes, mais j'y suis habituée, c'est la même chose dans le palais de ma mère. Le genre n'a pas d'importance dans un endroit où l'on peut créer des gardiennes aussi fortes que des hommes.

Finalement, nous arrivons à une série de portes plus ouvragées que toutes celles que nous avons vues jusqu'à présent. Une tête de dragon y est sculptée, ses yeux sont vifs et menaçants. Ils semblent me regarder, plonger en moi, même si je sais que ce n'est que du métal, que ce n'est pas réel.

Les portes s'ouvrent sans que personne ne les pousse et nous suivons les femmes dans la salle du trône. Elle est vide, heureusement. J'en ai assez que les gens me regardent comme si j'étais un nouveau spécimen de musée. Ou peut-être un nouveau jouet qu'un dragon peut grignoter.

Il y a deux trônes sur l'estrade : l'un est grand et fait… d'écailles ? On dirait qu'il est couvert de grandes écailles de dragon brillant de différentes couleurs. Il paraît un peu morbide de s'asseoir là-dessus, mais qui suis-je pour juger ? L'autre trône est plus petit, simplement fait d'or. Regardez-moi en train de qualifier l'or de « simple ». J'ai parcouru un long chemin depuis ma vie en tant qu'humaine.

La femme en robe bleue prend place sur le trône en écailles, tandis qu'Agierth s'assied sur le plus petit. Cela signifie-t-il que la femme qui nous a accueillis fait en réalité partie de la royauté ? Elles ne l'ont jamais dit. Je me demande pourquoi.

— Je suis Dewi, la déesse dragon et la souveraine de ce royaume, et je te souhaite la bienvenue dans mes murs, princesse Wynter.

Elle s'exprime soudain avec un formalisme qui lui faisait défaut lorsqu'elle nous a parlé plus tôt.

— Attends, tu es une déesse ? lui demandé-je sans pouvoir m'en empêcher.

Dewi sourit.

— Bien évidemment.

Pourquoi ne l'ai-je pas senti ? Je sais comment est l'aura des dieux, mais elle est très différente d'eux. Pour moi, elle ne ressemble ni à une déesse, ni à une humaine, ni à une gardienne, ni à un dragon métamorphe, mais à quelque chose de complètement autre. C'est étrange, mais il semblerait que, pour l'instant, je doive la croire sur parole.

— Je suis Wynter, héritière du trône de l'Hiver, et voici Storm, Frost, Arc et Crispin, mes gardiens. C'est un plaisir de te rencontrer.

Je ne suis pas certaine que ce soit vraiment un plaisir, mais j'essaie de me montrer diplomate. Pour le moment. Cette déesse me hérisse le poil.

Dewi montre Agierth du doigt.

— Vous avez déjà rencontré ma consort préférée. Cela fait longtemps que nous ne nous sommes pas vues, j'aimerais donc que nous soyons brefs. Nous avons des choses à faire.

À en juger par les regards brûlants que la déesse lance à l'autre femme, j'imagine bien à quoi ressemblent ces « choses ». A-t-elle dit consort « préférée » ? Cela signifie-t-il qu'il y en a d'autres ? Enfin, j'ai quatre hommes, elle peut donc avoir autant de femmes qu'elle veut. Je suis mal placée pour la juger.

Je hoche la tête.

— Tu nous as fait venir. De quoi veux-tu parler ?

— Je ne veux pas discuter de quoi que ce soit, me répond Dewi d'un ton hautain. Si je dois te soutenir dans cette guerre contre les ténèbres, j'ai besoin d'être sûre que tu es un véritable leader. J'ai un test pour toi.

Les portes s'ouvrent derrière nous et je me retourne. Une femme qui m'est très familière est amenée, entourée de gardes. Ada.

J'étouffe un cri et corrige mon expression avant de me retourner vers l'estrade. Dewi m'observe, sans doute à l'affût de faiblesses. Je lui souris.

— J'espérais voir Ada pendant que je suis là, lui dis-je d'un ton léger.

Une ombre se dessine sur son aura, l'équivalent d'un froncement de sourcils.

— Tu n'es pas là pour la voir. Tu es ici pour la juger pour ses crimes.

Je me retourne vers Ada. Je ne vois pas son visage, mais ses vêtements sont en lambeaux et elle boite légèrement. Est-elle prisonnière ici ? Voilà qui change toute la situation. Elle est citoyenne de mon royaume, ce qui signifie qu'elle est sous ma responsabilité. Heureusement, Dewi semble être sur la même longueur d'onde, même si je ne suis pas sûre que ce soit une bonne chose.

Les gardes s'arrêtent devant les trônes ; Ada paraît mince et toute petite entre eux. Où sont ses gardiens ? Et où se trouve ce satané dragon métamorphe qui l'a mise dans ce pétrin ?

Elle tourne la tête et me regarde. J'aimerais pouvoir voir son visage. Son aura est faible par endroits, elle n'a pas l'air en bonne santé du tout. Elle a traversé beaucoup d'épreuves, c'est évident.

— Ada, du royaume de l'Hiver, tu es accusée de trahison, meurtre et de conspiration contre les dirigeants du royaume des dragons. En l'absence de la reine Beira, sa fille est là pour te juger. Si tu es reconnue coupable, la sentence sera exécutée ici.

Une épée flamboyante apparaît soudain dans la main d'un des gardes. À l'évidence, la sentence pourrait être la mort. Dewi me regarde droit dans les yeux.

— J'espère que tu prendras la bonne décision.

Je m'avance plus près d'Ada. J'envoie de la magie pour vérifier qu'elle n'est pas blessée. Elle est sous-alimentée et sa cheville droite est foulée, mais il n'y a pas de dommages graves. Je guéris sa cheville d'une seule pensée et je souris quand Ada halète de surprise.

— La douleur pourrait influencer ses déclarations, marmonné-je, souriant intérieurement quand l'aura d'Ada devient un peu plus solide. Bien.

J'élève la voix pour que Dewi m'entende.

— Veux-tu m'expliquer les accusations, ou dois-je laisser l'accusée me le dire ?

— Trahison parce qu'elle s'est enfuie du royaume de l'Hiver sans permission, explique Dewi d'un ton ennuyé, et parce qu'elle a libéré l'un de vos prisonniers. Je suppose que tu es au courant.

J'acquiesce sèchement et la femme dragon continue.

— Elle est ensuite venue dans mon royaume, et en chemin pour le palais, elle a massacré plusieurs de mes concitoyens. En arrivant ici, elle a cherché à se débarrasser de nos dirigeants et à semer le trouble sur mes terres.

— Je vous ai aidée à récupérer votre trône, siffle Ada, qui prend la parole pour la première fois. Vous ne seriez même pas assise ici sans moi.

— Silence ! rugit Dewi, dont l'aura clignote dangereusement. Tu ne parleras que si l'on s'adresse à toi.

Je fronce les sourcils. Ada n'est pas du genre à mentir, donc, si c'est vrai… cela n'a aucun sens. Il me faut davantage d'informations.

— Ada, je vais examiner ton esprit, annoncé-je de sorte que tout le monde puisse l'entendre. Ce sera beaucoup plus rapide que d'écouter des déclarations et de devoir décider si toi ou quelqu'un d'autre mentez.

Cette dernière phrase est un tacle contre Dewi, et j'espère qu'elle le verra comme tel.

— Tu ne peux pas faire ça ! balbutie la reine dragon. Tu n'as pas cette capacité.

Le mystère s'épaissit.

— Qui t'a dit cela ? lui demandé-je, mais je crois que je le sais déjà.

Oui. Elle pointe Ada du doigt.

— Tu m'as menti ! s'écrie Dewi, mais Ada secoue la tête.

— Je le jure, Wyn n'était pas en mesure de le faire quand je suis partie. Pourtant, Arc était l'un de ses compagnons.

Je suis de plus en plus perdue dans cette situation. Mais je n'ai pas la patience de poser davantage de questions, alors je prends le visage d'Ada entre mes mains.

— Détends ton esprit, lui dis-je doucement. Cela ne te fera pas de mal.

Dewi dit quelque chose en arrière-plan, mais je m'en fiche. Je pénètre dans l'esprit d'Ada, aussi gentiment que possible, en dépassant les vieux souvenirs et les vieilles pensées pour retrouver son passé récent.

*L*E PRISONNIER DRAGON ME FIXE, *les yeux écarquillés, et son expression est celle d'un homme désespéré.*

— Les dragons sont attaqués, murmure-t-il, la voix rauque et épuisée. Tu dois me laisser partir d'ici. Ils ne tiendront pas beaucoup plus longtemps.

— Tu ne penses quand même pas que je vais te libérer, réponds-je avec la voix d'Ada. Tu es fou ; je ne devrais même pas te parler.

— Pas fou, murmure-t-il. Elle est toujours dans mon esprit. Elle est toujours à l'intérieur, elle me fait du mal, elle me dit quoi faire. Mais à cet instant, elle n'y est pas, et je peux parler. Je peux penser. Je dois partir.

J'éclate de rire.

— Tu vois ? Tu es fou, je te l'ai dit. Je pense que le fait d'entendre des voix est un symptôme de folie, même pour les dragons.

— Elle est réelle, siffle-t-il. Elle est dans l'esprit de tous les dragons. Elle nous contrôle, elle nous met en colère. Elle nous pousse à tuer. Elle a capturé la reine, et maintenant, nous sommes liés à elle.

Avant que je puisse dire quoi que ce soit, ses yeux se révulsent et il retombe contre le mur, le corps agité de soubresauts. Il fait une nouvelle crise. C'est peut-être cela qui est à l'origine de sa folie. Peut-être qu'elles lui font perdre la tête.

Je soupire et je continue de rédiger mes notes sur son comportement. Je devrais l'interroger, mais cela ne sert à rien. Soit il marmonne des inepties, soit il est trop perdu pour entendre mes questions. Je n'arrive pas à le cerner, et cela me dérange.

— Écoute ! Écoute-la !

Il est collé à la barrière, et ses mains sont si serrées que sa chair est devenue blanche.

— Je ne l'entends pas, lui dis-je doucement.

Je commence à avoir pitié de lui. Sa douleur ne semble pas diminuer et ses convulsions sont de plus en plus intenses.

— Elle est dans ta tête.

— Oui, elle l'est. Maintenant, écoute.

Il passe une main par la minuscule ouverture dans la barrière de verre qui sert habituellement à lui donner à manger. Il veut que je le touche. Hors de question. Je ne sais pas quels tours il a dans sa manche. La cellule est dans un vide magique, il ne peut donc pas se transformer ou faire de la magie, mais malgré sa faiblesse et sa sous-alimentation, il est plus grand que moi.

— *Elle n'est pas réelle, lui dis-je pour la centième fois. Je ne pourrai pas l'entendre. Ignore-la, et concentre-toi sur le présent.*

— *Elle fait du mal à mon peuple, grogne-t-il, les yeux soudain un peu plus clairs. Je dois faire quelque chose.*

— *Je suis sûre qu'ils auraient envoyé un message s'ils avaient besoin d'aide, lui dis-je d'un ton apaisant. Nous serions au courant.*

— *Tu ne comprends pas ! s'écrie-t-il, désespéré. Elle est dans la tête de tout le monde ! Elle contrôle tout le monde. Nous ne pouvons pas demander de l'aide parce qu'elle nous l'interdit.*

Je soupire. Nous avons déjà parlé de ça. À de nombreuses reprises.

— *Laisse-moi te montrer, me supplie-t-il, capturant mon regard dans ses beaux yeux acajou. Je t'en prie.*

Je ne devrais pas. Ce n'est pas du tout professionnel. Je devrais m'en aller et laisser Arc et la reine s'occuper de lui. Mais quelque chose dans son expression me pousse à toucher sa main. Un visage apparaît dans mon esprit. Une femme aux cheveux noirs comme la nuit et aux yeux si cruels qu'il est douloureux de les regarder.

Je recule en trébuchant.

— *Qui est-elle ?*

Sortant de l'esprit d'Ada, je prends une grande inspiration et je m'adresse à la reine dragon.

— La Morrigan contrôlait tous les dragons ?

— Comment fais-tu… ? Tu peux vraiment lire dans les pensées, constate Dewi, abasourdie.

Son aura passe de la colère à quelque chose d'autre. Je hausse les épaules.

— Je te l'ai dit. Où est le prisonnier qu'Ada a libéré ?

— En détention, répond-elle froidement. C'est à moi de m'occuper de lui.

— Et les gardiens d'Ada ?

— Ils ont suivi ses ordres. Ils seront condamnés à la même peine qu'elle.

Il n'y a pas d'émotion dans sa voix. Elle ne se soucie pas le moins du monde de ces hommes. L'aura d'Ada devient d'un blanc furieux, alors j'interviens avant qu'elle ne fasse quelque chose d'irréfléchi.

— Dewi, voudrais-tu m'expliquer ce qui s'est passé, ou dois-je continuer à regarder dans l'esprit d'Ada ?

Une fois encore, l'aura de la reine vacille, comme si elle cachait quelque chose.

— Je vais t'expliquer, propose Agierth à ma grande surprise.

Dewi ne proteste pas, ce que je trouve étrange, mais tout ce qu'elle a dit et fait jusqu'à présent était déconcertant. Je ne sais pas quoi penser de la déesse dragon.

Agierth se lève de son trône et redresse les épaules.

— Tu as raison. Nous avons été attaqués par la Morrigan, qui a fait prisonnière notre reine. La plupart des gens ne savent pas que nous sommes liés à notre reine et qu'elle a un pouvoir sur nous tous. Elle utilise rarement ce don, mais la Morrigan l'a exploité. Elle a détourné la belle magie qui nous relie et l'a transformée en prison pour nous tous.

Elle se tait soudain, et toutes les pièces se mettent en place.

— L'assassin, l'assassin dragon… il a été envoyé par la Morrigan ? Elle l'a poussé à le faire ?

Agierth acquiesce.

— Il n'avait pas le choix. Il n'était qu'une marionnette, un outil. Ce n'est que lorsqu'il s'est éloigné du royaume des dragons que son influence sur lui s'est suffisamment atténuée pour qu'il puisse penser clairement de temps en temps.

Oui, je l'ai vu. Des moments de clarté, entrecoupés de journées de folie.

— Alors pourquoi est-il prisonnier ici ? demandé-je. Ce n'était pas sa faute.

— C'est le principe, s'emporte Dewi. Il a tenté d'assassiner un membre de la famille royale.

Agierth pose une main sur l'épaule de la reine, et à ma grande surprise, leurs auras se touchent et se confondent. Peut-être s'agit-il d'une autre particularité des dragons ?

— Les gardiens et Alastair sont venus ici, et ils ont réussi à libérer la reine.

— Ce n'était pas aussi facile qu'elle le dit, marmonne Ada, et je réprime un sourire.

— Attendez… comment a-t-il réussi à empêcher la Morrigan de le contrôler ? Je pensais que son influence se renforcerait une fois qu'il serait revenu dans ce royaume ? demandé-je, et Agierth hoche la tête.

— Ils ont rencontré quelqu'un. Une licorne.

— Blaze ! m'exclamé-je.

Je n'étais pas consciente qu'il était à ce point impliqué.

— Tu le connais ? s'étonne Dewi.

— C'est un ami de mes hommes, expliqué-je. Et l'un des miens aussi, je suppose.

— Je ne pensais pas que les licornes se faisaient des amis, répond froidement la déesse.

Sérieusement, quel est le problème de cette femme ? Pourquoi est-elle à ce point coincée ?

— Eh bien, c'est mon ami, répliqué-je d'un ton tout aussi froid. C'est donc toi qui as été capturée ?

Une pellicule noire s'étend sur l'aura de Dewi. De la douleur ? De la peur ?

— Oui, répond-elle d'une voix soudain plus calme. Je ne m'en souviens pas.

Je soupire.

— Tu sais quoi ? Je pense que le temps des jeux stupides est révolu. Ada et ses hommes repartent avec moi. Son dragon métamorphe aussi, s'il le veut. Il sera le bienvenu dans mon royaume. Maintenant, je suppose que tu veux te venger de ce que la Morrigan vous a fait, à toi et ton peuple. N'hésite pas. Vous êtes les bienvenus si vous souhaitez vous joindre à mon combat contre elle. Nous vous serons reconnaissants de votre aide, mais je ne vais pas rester ici à essayer de te convaincre que j'en suis digne. Nous perdons un temps précieux. Je combats la Morrigan, tu le veux aussi, alors je ne vois pas pourquoi nous ne pourrions pas unir nos forces. Si tu décides de ne pas le faire, alors soit.

Intérieurement, je fulmine, mais je garde une voix calme et posée.

Agierth et Dewi se regardent, leurs auras se touchent toujours. Sont-elles liées comme je le suis à mes gardiens ? Je ne peux pas voir mon aura, alors j'ignore si les nôtres se ressemblent. Je l'espère. C'est une belle connexion.

— Tu as montré tes griffes, constate Dewi d'un ton grave, et nous les avons vues. Nous reconnaissons ta force, et nous te suivrons dans la bataille.

CHAPITRE
CINQ

— C'est bon d'être à la maison, soupire Ada en lâchant mon bras.

Je nous ai téléportées dans mes quartiers privés pour que nous puissions avoir une véritable discussion. Ses hommes l'accompagnent et observent immédiatement la pièce comme s'ils s'attendaient à une menace. Après tout ce qu'ils ont traversé, pas étonnant qu'ils soient un peu nerveux.

— Vous feriez bien de rester ici jusqu'à ce que j'annonce que tu n'es plus recherchée pour trahison, dis-je avec un sourire. Je ne veux pas que des justiciers t'attaquent en pensant qu'ils le font pour le bien de la couronne.

— Oui, bonne idée, grogne l'un de ses hommes.

Je n'arrive jamais à les différencier. Ce sont des triplés, et avec leurs uniformes, ils se ressemblent beaucoup trop. Uniformes qui sont actuellement sales et déchirés par endroits.

— Storm, voudrais-tu bien t'occuper de ces messieurs ? Je dois discuter avec Ada.

Son aura tourbillonne comme s'il était sur le point de protester, mais il acquiesce et les emmène à l'extérieur. Le prisonnier dragon les suit… non, en fait, il n'est plus prisonnier. Je suppose que c'est un allié, maintenant. Espérons que sa folie a vraiment disparu.

— Tu veux que nous restions ? demande Arc, mais je secoue la tête.

— Non, je veux passer du temps entre filles.

— Ça a l'air amusant, ricane Crispin. Si tu veux un peu de temps avec des garçons après, nous serons dans nos quartiers. Probablement. À moins que quelqu'un nous trouve et nous donne quelque chose à faire. Pas de repos pour les braves.

Ils partent et je respire profondément lorsque nous sommes enfin seules.

— Comment vas-tu ? demandé-je prudemment à Ada, en maudissant mes yeux étranges qui ne me permettent pas de voir son expression.

— C'est étrange d'être de retour ici, dit-elle après un moment d'hésitation. À un moment donné, j'ai cru que je ne pourrai jamais revenir.

— Tu as traversé beaucoup d'épreuves, mais je suis heureuse de te retrouver. Il faudra que je discute avec Gwain de la manière d'annoncer ton retour, mais avant que tu ne te remettes au travail, je veux que tu récupères.

— Je n'ai pas besoin…, proteste-t-elle, mais je lui coupe la parole.

— Bien sûr que si. Tu as besoin de repos, et d'une bonne alimentation. Je pense que tu mérites un peu de repos, tout comme tes hommes. On dirait que vous allez tous vous effondrer dès que vous serez envoyés au combat.

— Votre Majesté, répond-elle d'un air maussade.

— Oh, arrête. Je ne veux que le meilleur pour toi.

J'ai envie de la prendre dans mes bras, mais pour l'instant, je dois être la princesse plutôt que l'amie. Si Ada le pouvait, elle reprendrait immédiatement ses fonctions, mais je ne peux pas la laisser faire. Elle a besoin de repos.

— Mais d'abord, j'ai quelques questions à te poser, si tu le veux bien.

Elle hausse les épaules.

— Vas-y.

— Peut-on faire confiance aux dragons ?

C'est une question grave, mais j'ai besoin de savoir. Ada me donnera une meilleure réponse que mes conseillers.

— Dewi n'est qu'une garce ingrate, mais elle veut se venger, donc oui, je pense que nous pouvons leur faire confiance, répond-elle. Et Agierth est là pour la garder dans le droit chemin. C'est un dragon assez sympathique et l'une des rares à avoir réussi à combattre la Morrigan, ne serait-ce qu'un peu. Je ne peux pas te promettre qu'ils garderont le contact après notre victoire sur la Morrigan, mais je crois que nous pouvons compter sur eux pour le moment.

Je souris. Enfin de bonnes nouvelles. Apparemment, l'étrange voyage au royaume des dragons en valait la peine, en dépit de toutes ses bizarreries.

— C'est bon de te revoir.

Encore une fois, je dois m'empêcher de la prendre dans mes bras. Je suis étourdie et enthousiaste, et je ne sais pas vraiment pourquoi. C'est sans doute à cause de mes hormones, ou de mes étranges pouvoirs de déesse. Ils me font un effet étrange. Je m'éclaircis la voix.

— Prends ma main, je vais te conduire rapidement à tes quartiers.

— Comment se fait-il que tu sois capable de te téléporter maintenant ? demande-t-elle.

C'est comme si elle n'avait pas encore réalisé que je les avais déjà ramenés du royaume des dragons de cette manière.

Je soupire.

— C'est une longue histoire.

L'ÉTAT de ma mère ne s'est pas amélioré du tout. Elle est aussi pâle que les draps qui entourent son corps frêle, et ses joues semblent encore plus creuses que dans mon souvenir. Elle est la seule personne dont je peux voir le visage, et pourtant, je n'ai pas envie de la regarder. Elle a trop changé, elle n'est plus que l'ombre de la puissante déesse qu'elle était. Et tout est ma faute. Je l'ai poussée à utiliser tous ses pouvoirs. Je me suis comportée comme une enfant, et c'est elle qui en paie le prix.

— Beira ? murmuré-je en m'asseyant à son chevet.

J'aimerais pouvoir faire quelque chose. J'ai tous ces nouveaux pouvoirs, mais ils ne me servent à rien. Je ne peux pas guérir ma mère. Elle ouvre les yeux, et même cela semble être un effort pour elle.

— Wyn.

Sa voix n'est même plus un murmure, à peine un faible souffle. Comment en est-on arrivé là ?

— As-tu des nouvelles ? demande-t-elle alors que ses yeux se ferment à nouveau.

Je lui prends la main et la serre pour la rassurer. Comme si cela allait résoudre quoi que ce soit. Cela me réconforte plus qu'elle.

— Les dragons se battront à nos côtés, lui annoncé-je. Et Ada est de retour. Elle ne nous a jamais abandonnés, elle est partie pour aider le prisonnier dragon à libérer son peuple de l'influence de la Morrigan. C'est une longue histoire, mais pour le moment, nous avons de nouveaux alliés.

Je ne veux pas prendre trop d'énergie à ma mère en lui racontant tout ce qui s'est passé. Elle a déjà du mal à rester éveillée.

— Je suis fière de toi, murmure-t-elle. Tu as accompli quelque chose que je n'ai pas réussi à faire depuis des siècles. Les dragons ont toujours été insaisissables.

— Leur leader, Dewi, a dit qu'elle était une déesse, mais elle ne m'a pas fait le même effet que les autres dieux. Sais-tu quelque chose à son sujet ?

Ma mère fronce légèrement les sourcils.

— Elle n'est pas l'une des miennes. Angus l'a peut-être créée, mais je n'ai jamais entendu parler d'une déesse dragon.

— Étrange, murmuré-je, plus pour moi que pour elle. Ce n'est pas logique.

— Wyn.

Ma mère me serre soudain la main, et je reporte toute mon attention sur elle.

— Tu dois devenir reine.

Je soupire.

— Ne recommence pas. Hors de question. Tu iras mieux quand nous aurons vaincu Angus ; ensuite, tu n'auras plus besoin de moi.

— Je ne vais pas guérir, dit-elle lentement. Mon temps est révolu.

Je secoue la tête.

— Je n'écoute pas. Une fois l'hiver revenu, tu seras comme avant.

— Non, je le sens. Je ne me remettrai pas, Wyn, même si c'est ce que tu veux. Même si je reprends des forces, je ne retrouverai pas ma puissance d'antan. Je ne pourrai plus diriger mon peuple. Je ne serai pas la reine qu'ils méritent.

Une larme coule du coin de son œil et je détourne le regard. Beira ne pleure pas. Elle est la reine de l'Hiver, l'incarnation du calme et de la sérénité. Elle ne montre jamais ses émotions.

— Tu dois être couronnée avant le début de la bataille, affirme-t-elle alors que sa prise sur ma main s'affaiblit ; mais sa voix a retrouvé son autorité d'antan. Nous mourrons tous si tu ne deviens pas reine.

Elle se tait et je fixe le sol, ses mots résonnant dans ma tête. Elle n'ira pas mieux. Elle ne sera plus Beira. Elle restera cette femme faible, frêle, à peine plus qu'humaine.

— Il doit y avoir un équilibre, murmure-t-elle soudain, alors que je crois qu'elle s'est rendormie. Rappelle-toi ce que je t'ai dit. Sans équilibre, tous les royaumes s'effondrent. Je le sens déjà. Concentre-toi, et tu le sentiras aussi.

Je reste encore un peu à ses côtés une fois qu'elle est endormie. Je crois savoir comment sentir l'équilibre comme elle l'a dit, mais j'ai peur de le faire. Si je sens un déséquilibre, cela signifie que je devrai faire quelque chose.

Je ne veux pas être reine. Je ne veux pas non plus être une déesse. Tout ce que je veux, c'est redevenir Wyn, vivre avec mes gardiens, avoir une vie tranquille sans mort ni démons. Je veux mes deux mères à mes côtés, et un père qui n'est ni traumatisé ni en deuil.

Je n'aurais jamais imaginé que ma vie puisse prendre une telle tournure. Le chaos. La guerre. Le désespoir. Le doute. Une absence éternelle d'espoir. Et maintenant, ils veulent que je sois leur reine et que je les guide dans les ténèbres. Et si j'échouais ? Et si je les faisais tous tuer ? Je ne pourrais jamais vivre avec ça. Il y a déjà eu trop de morts. Ma mère. Chesca. Aodh. Tous les soldats que nous avons perdus.

Mais pour mettre un terme à tout ça, nous devons nous battre, et ma mère a raison. Elle ne peut pas nous diriger dans l'état où elle se trouve.

Je passe mes mains dans mes longs cheveux ; j'aurais tant voulu qu'il existe une réponse simple ! Pourquoi la vie ne pourrait-elle pas être facile, pour une fois ? Je crois avoir connu ma part de chagrins et d'ennuis, pourquoi ne serait-ce pas le tour de quelqu'un d'autre maintenant ?

Non, ce n'est pas ainsi qu'une princesse devrait penser. Je devrais être heureuse d'assumer les responsabilités et les souffrances qui vont de pair avec mon rôle, tant que cela signifie que mon peuple est en sécurité. Mais suis-je prête à être cette personne ? Puis-je mettre de côté mes propres tracas et me concentrer entièrement sur ce qui est bon pour mon royaume ?

Déjà, je n'ai pas assez de temps à consacrer à mes gardiens. Je parie qu'en tant que reine, j'en aurai encore moins. Ils me manquent, notre proximité me manque, nos plaisanteries me manquent. Je les sens à travers notre lien, mais cela ne vaut pas leur présence dans la pièce avec moi.

Pff. Toutes ces pensées qui tourbillonnent dans mon esprit me donnent mal à la tête.

L'équilibre… Je me souviens de ce que ma mère m'a dit à mon arrivée dans le royaume. Qu'Angus et elle se partagent les rênes du monde, qu'il fait pousser et prospérer les plantes en été, et que Beira leur offre un repos bien mérité pendant les mois d'hiver. La nature s'est habituée au rythme qu'ils ont maintenu pendant des millénaires, et si cet équilibre était rompu, c'est toute la création qui risquerait d'être affectée. Elle a dit que la magie pourrait ne plus exister dans un monde sans l'équilibre précaire pour lequel elle s'est battue malgré les tentatives d'Angus d'étendre ses pouvoirs. Elle l'a déjà combattu à de multiples reprises, et à chaque fois, elle a gagné, mais elle ne lui a jamais retiré son royaume ni ses pouvoirs. Il est nécessaire à l'équilibre, et même aujourd'hui, je sais que nous ne pouvons pas complètement le vaincre, mais seulement le repousser. Il nous faut vaincre la Morrigan, qui ne semble pas se soucier des dégâts que cette guerre entre l'Hiver et l'Été pourrait causer. Elle s'en réjouit certainement. Si elle vit dans les royaumes démoniaques, je parie qu'elle serait heureuse dans un monde de ténèbres et de désespoir.

Je regarde à nouveau Beira. Son amant, mon père, a été tué par les soldats d'Angus, mais elle a quand même essayé de maintenir la paix. Je ne suis pas sûre que je pourrais faire la même chose si quelqu'un tuait mes hommes. Non, je suis sûre du contraire. Je voudrais faire souffrir Angus de la pire des manières possible.

Encore une raison pour laquelle je ferais une très mauvaise reine. Je suis trop émotive, trop humaine. Peut-être que si j'avais grandi ici, dans les royaumes, les choses auraient été différentes, mais ce n'est pas le cas.

Être ou ne pas être reine... Je souris à ma propre mauvaise blague. Tout le monde me dit de le faire. Le conseil, Tamara, même mon père. Tout comme mes gardiens. C'est la première fois qu'ils ne soutiennent pas ma décision. Storm tient absolument à ce que je prenne la place de ma mère. Mais comme ils font partie de ce royaume, il n'est pas étonnant qu'ils pensent comme tout le monde ici. Suis-je la seule à voir que c'est une mauvaise idée ?

Je ne suis pas la bonne personne pour ce travail.

Je soupire. Rester assise ici à me lamenter sur mon sort ne servira à rien. Je ferais mieux d'y aller, je dois informer le conseil au sujet des dragons, et je suis presque certaine qu'une montagne de documents à signer m'attend sur mon bureau.

CHAPITRE
SIX

Avant même que j'arrive à mon bureau, Tamara m'intercepte.

— Il y a quelque chose que vous devriez voir, me dit-elle, et l'urgence dans sa voix me surprend.

En général, elle est très calme, et si elle aime rire, elle montre très rarement d'autres émotions.

— Qu'est-ce qui se passe ?

— C'est la licorne. Il a… Je ne sais pas, on dirait qu'il fait une attaque. Il dit des choses étranges et son corps est agité de soubresauts. J'ai fait venir Theodore et Zephyr, mais vous connaissez la licorne mieux que quiconque.

— Où est-il ? demandé-je, la peur au ventre.

Je ne pourrai pas faire face à une autre perte.

— Dans la cour d'entraînement. Il y est allé pour…

Je suis déjà partie, me téléportant là-bas avant que Tamara termine sa phrase.

C'est le chaos dans la cour. Une foule s'est rassemblée autour de Blaze qui se tord sur le sol. Son beau pelage blanc est sale sur toute sa surface. Cela doit faire un certain temps qu'il se roule sur le gravier.

— Que s'est-il passé ? demandé-je à voix haute, et la foule se tait, me laissant rapidement un passage pour que j'atteigne la licorne.

Un gardien, qui ne porte qu'un pantalon ample, s'avance. Son torse est couvert de sueur ; il devait s'entraîner ici quand c'est arrivé.

— Il était en train de manger, ou, du moins, c'est ce qu'il a dit qu'il était en train de faire, quand soudain il s'est mis à hennir, et il s'est effondré. Nous avons essayé de l'aider à se relever, mais il a commencé à convulser. Chaque fois qu'il arrête de bouger, il prononce les mêmes mots.

— Lesquels ? insisté-je sèchement, car il ne poursuit pas tout de suite.

— Le Printemps meurt, l'Été tombe, trahis par les ténèbres. L'Automne a disparu. L'Hiver est appelé à l'aide.

Il hausse les épaules comme si cela n'avait aucun sens.

— C'est tout ?

— Au début, il a marmonné quelque chose à propos d'équilibres, mais j'ai peut-être mal entendu.

C'est une trop grande coïncidence. Ma mère me dit qu'il faut conserver l'équilibre, et un instant plus tard, Blaze fait la même chose ? Peut-être s'agit-il d'un complot élaboré pour me faire accepter la couronne.

La licorne hennit de douleur, et je comprends aussitôt que je fais erreur. Il ne s'agit pas d'un complot. C'est réel. Je m'approche de Blaze, restant hors de portée de ses sabots qui s'agitent.

— Blaze ? Tu m'entends ?

Soudain, il s'immobilise et ses oreilles se dressent.

— Touche ma corne, râle-t-il.

Ses yeux roulent dans tous les sens, comme s'il ne les contrôlait pas. J'hésite un instant, puis je m'exécute, saisissant sa corne tout en veillant à rester à l'écart de ses jambes tremblantes. Un éclair de lumière arc-en-ciel assaille mes sens, et je flotte, je ne suis plus dans la cour. Je connais cet endroit…

— Où sommes-nous ?

Je me retourne et je fixe Blaze du regard. La licorne a l'air plus en forme que jamais, sa fourrure scintille dans la lumière colorée qui nous entoure.

— Tu ne sais pas ?

— Nous sommes dans ta tête, idiote. C'est ton rêve, pas le mien.

Je rougis.

— Lorsque j'ai franchi pour la première fois la porte des pierres du Calanais, je me suis retrouvée sur un arc-en-ciel. *Cet* arc-en-ciel.

Je ne lui dis pas que j'ai également fait l'amour à cet endroit. C'est déjà assez embarrassant d'être de retour ici, dans le lieu le plus vulgaire de l'univers.

— J'aime bien, dit Blaze d'un ton joyeux. Tu as bon goût.

— Ferme-la et explique-moi ce qui se passe.

Il hennit.

— Comme tu es impatiente ! Mais tu as raison, nous n'avons pas beaucoup de temps. Mon corps ne pourra pas supporter l'overdose de magie plus longtemps sans ton aide.

— Overdose de magie ?

Il donne un coup de patte sur le sol, l'air un peu penaud.

— J'ai trop mangé.

— Sérieusement ? Tu as trop mangé, et tu as des attaques ?

— Je l'ai fait exprès.

Je secoue la tête, incrédule.

— Tu voulais que ça arrive ?

— Quand je me gave de magie, j'ai des visions. Parfois, pas toujours, mais dans un endroit aussi magique que ce palais, j'ai pensé que cela valait la peine d'essayer.

Je soupire.

— Et tu n'aurais pas pu prévenir quelqu'un ?

— Tu n'étais pas là ! se plaint-il. Et je ne croyais pas que cela arriverait aussi vite. Quand nous reviendrons, j'ai besoin que tu écoutes attentivement ce que je dirai. Je ne m'en souviens pas toujours, alors ne t'attends pas à ce que je te le répète après coup. Ensuite, tu devras retirer l'excès de magie de mon corps. Cependant, tu pourrais te sentir un peu bizarre.

— Bizarre ? Comment ?

Il rougit à son étrange manière de licorne.

— Tu te souviens des *sparklies* ?

— Non. Pas question !

Je m'éloigne de Blaze et lui jette un regard noir.

— C'est le seul moyen. Veille simplement à ce que quelqu'un te mette hors de vue rapidement, dit-il avec un sourire. Surtout maintenant que tu as décidé de devenir reine.

— Je n'ai rien décidé, protesté-je, mais il gémit.

— Il est temps de rentrer. Souviens-toi, tu dois écouter ce que je dis. Note-le, s'il le faut. Ensuite, fais sortir la magie de moi. Ça fait mal.

Avant que je puisse dire quoi que ce soit, la lumière arc-en-ciel clignote à nouveau et je suis de retour dans la cour, m'éloignant en trébuchant de la licorne qui est toujours au sol, son corps tout entier agité de soubresauts.

— Allez chercher mes gardiens ! crié-je à l'un des curieux. Maintenant !

Il se hâte de partir, et je me retourne vers Blaze.

— Silence, tout le monde ! Écoutez ce qu'il dit, et notez-le si vous le pouvez, leur ordonné-je, et le silence s'installe.

La foule attend de savoir ce que Blaze est sur le point de dire. J'espère qu'il va vraiment parler, sinon je ne vois pas quoi faire.

— Le Printemps est enlevé, gémit-il soudain. Le Printemps est enlevé. L'Été sera trahi. Où est l'Automne ? Trouvez l'Automne ou l'Hiver dégèlera. L'équilibre doit être maintenu. Les ténèbres arrivent, il n'y a pas d'échappatoire.

Il hennit de douleur et se tait. De l'écume se forme autour de sa bouche tandis que son corps est de nouveau pris de convulsions. Je ferme les yeux et me concentre sur la magie qui l'entoure. Il est magnifique ; son corps entier est fait de magie, colorée et lumineuse. Cependant, pour le moment, des étincelles jaillissent dans tous les sens, comme de l'électricité sur le point de se transformer en éclairs.

Je commence à canaliser une partie de l'excès de magie, je l'éloigne de Blaze pour l'absorber. Peut-être devrais-je la disperser dans l'environnement, mais qui sait ce que pourrait faire la magie des licornes si elle était libérée ? Ce n'est pas comme si j'avais de l'expérience avec cette magie. À l'exception des *sparklies*. J'espère vraiment que mes gardiens seront bientôt là pour m'emmener. Si je me fie à mes réactions antérieures à la drogue de la licorne, ce sera très embarrassant.

Quand j'ai drainé suffisamment de magie hors du corps de Blaze, du moins, je l'espère, j'ouvre à nouveau les yeux. Il a cessé de convulser, et il respire difficilement.

Je m'agenouille à ses côtés.

— Blaze ?

Il ouvre lentement un œil.

— Dormir.

Je souris.

— Dors aussi longtemps que tu le voudras.

Je me relève et me tourne vers la foule.

— Je veux que quelqu'un reste avec lui jusqu'à ce qu'il puisse se lever tout seul. S'il y a du changement, vous m'en informez immédiatement.

Deux gardiens s'inclinent et prennent position de part et d'autre de la licorne, l'air prêts à combattre les ennemis et les curieux. La ferveur avec laquelle les gens exécutent mes ordres ces derniers jours ne cesse de me surprendre.

Pour l'instant, je ne remarque aucun effet de la magie de la licorne. Peut-être suis-je assez forte pour y résister, à présent. Je me concentre sur la magie qui est en moi. Elle dort dans sa grotte, et sa tête touche presque le plafond. Elle a tellement grandi ! Mais j'ignore comment agrandir son antre. Un nuage de poussière arc-en-ciel tourbillonne autour d'elle. La magie de Blaze, tout aussi excentrique et flamboyante que lui. Un jour, j'espère rencontrer d'autres licornes pour savoir s'il est spécial, même au sein de sa propre espèce, ou si elles sont toutes comme lui.

Je souris à l'idée de voir un troupeau de licornes. Se déplacent-elles en troupeau ? Je les crois trop solitaires pour ça. Mais, tout de même, Blaze a peut-être de la famille qu'il pourrait me présenter. Des frères et sœurs ? Des parents ? Des bébés licornes ? J'adorerais câliner un bébé licorne. Naissent-elles avec des cornes, ou poussent-elles plus tard ? J'espère que c'est le cas, sinon j'imagine que la naissance doit être assez douloureuse pour la mère licorne.

— Je pense qu'il est temps de partir, dit une voix douce derrière moi.

Je me tourne vers mes gardiens qui m'attendent. Ils forment une ligne, me bloquant la vue sur le reste de la foule.

— Partir ? Pourquoi ? demandé-je, confuse.

Arc éclate de rire.

— Je ne crois pas que les gens aient envie de t'entendre dire ce que tu penses des bébés licornes, explique-t-il, puis il s'avance et me soulève dans ses bras. Tu es très mignonne quand tu es *stone*.

— Wyn, peux-tu nous téléporter dans tes quartiers ? demande Storm, et je hoche la tête avec enthousiasme.

Je ne vois rien de mieux que d'être dans ma chambre avec mes hommes. Je nous y transporte donc.

— Je crois que tu as oublié les autres, constate Arc en souriant quand nous arrivons.

Oh. Oui. Oups.

— Désolée.

— Était-ce intentionnel ? s'enquiert-il, me tournant face à lui.

Ses mains sur mes épaules me font du bien, tellement de bien. Je veux les sentir partout. Je hausse les épaules.

— Peut-être ? Je ne sais pas. Je n'en sais rien, répété-je en imitant son accent.

— Est-ce que tu viens de te moquer de mon accent ?

Je hausse encore les épaules.

— Peut-être ?

— Si j'étais Storm, je te punirais pour ça. Mais je ne suis pas lui. Je veux juste t'embrasser.

Je souris. Il est si gentil. Tellement beau. Sa magie est belle. Son aura est étincelante. J'ai tellement envie de lui !

— Fais-le.

Il n'a pas besoin de davantage d'encouragement. Il passe ses bras autour de ma taille et me rapproche jusqu'à ce que ma poitrine touche son torse. Sa poitrine est dure, contrairement à la mienne. Mes seins sont doux, mais mes mamelons durcissent. Ils le veulent, tout comme le reste de mon corps. Je glousse, mais Arc me fait taire avec ses lèvres.

Délicieux. Je lui rends son baiser et le serre contre moi. Enfin, je serre ses fesses, mais ce n'est pas grave. Il est ferme et dur là aussi, et je sens quelque chose d'encore plus dur se presser contre mon ventre.

Sa langue caresse mes lèvres, me chatouille. Je ris contre sa bouche ; mon bonheur bouillonne en moi. J'ai envie d'étreindre le monde entier. Tout est si charmant, si joli. De l'autre côté de la pièce, la porte s'ouvre sur mes trois autres gardiens qui entrent. Je les sens. Je tire sur le lien qui me relie à eux et ils halètent tous les trois. C'est drôle.

— Pourquoi as-tu fait ça ? se plaint Frost. C'est bizarre.

Arc cesse de m'embrasser pour que je puisse répondre. Méchant Arc. Je veux qu'il continue.

— Je veux vous prendre dans mes bras, annoncé-je et je retire mes mains des fesses d'Arc pour laisser de la place à tous mes gardiens.

— Elle est complètement partie, marmonne Crispin. Je suis ravi que nous soyons arrivés à temps.

— Moi aussi, confirme Storm d'une voix étonnamment sombre.

— Ne sois pas sombre, lui intimé-je. Sois heureux. Comme les arcs-en-ciel.

— Vous voyez ce que je veux dire ? soupire Storm. Je vais tuer cette licorne. Lentement.

— Blaze m'a rendue heureuse, protesté-je, et Arc éclate de rire, sa poitrine vibrant contre la mienne.

— C'est ce qu'on voit, jeune fille. Tu es très heureuse.

Je hoche la tête.

— C'est vrai. Es-tu heureux aussi ?

— Tu es dans mes bras, bien sûr que je suis heureux.

Il baisse la tête pour m'embrasser à nouveau, mais je n'ai pas fini de parler. Je mords sa lèvre inférieure pour m'assurer qu'il le sait.

— Aïe ! C'était pour quoi ?

— J'ai besoin de parler.

— Crispin, tu peux faire quelque chose ? demande Storm, et on dirait qu'il souffre.

Je me dégage de l'étreinte d'Arc et je cours vers Storm pour le serrer dans mes bras.

— Qu'est-ce qui ne va pas ? l'interrogé-je, inquiète. Où as-tu mal ?

— Mal ? De quoi parles-tu ? soupire-t-il à nouveau. Ça ne fait pas mal. Tout va bien.

Je lui souris.

— Bien. Alors, nous pouvons nous embrasser. S'embrasser, c'est amusant.

Frost éclate de rire, me détournant de mes projets de baisers.

— Je n'ai qu'une bouche, remarqué-je. Comment vais-je vous embrasser tous ?

— Nous pouvons nous relayer, suggère Arc.

Il nous a rejoints et maintenant, les quatre gardiens m'entourent.

— Nous pourrons, une fois qu'elle sera descendue de son *trip*, dit Storm d'un ton sévère. Nous ne ferons rien tant qu'elle n'aura pas le contrôle d'elle-même.

— Non, je veux des baisers ! protesté-je. Je veux l'érection d'Arc !

Frost est par terre, hilare, et Crispin est plié en deux, comme s'il avait du mal à respirer.

— Tu pourras l'avoir plus tard, je te le promets, me rassure Frost qui me soulève et me porte jusqu'au lit.

— Est-ce qu'on va faire l'amour ? lui demandé-je avec enthousiasme, mais à ma grande déception, il secoue la tête.

— Non. Tu vas t'allonger ici et dormir un peu, jusqu'à ce que la magie de la licorne ait disparu de ton organisme. Ensuite, nous pourrons faire tout ce qui nous plaira.

— Mais j'en ai envie maintenant ! gémis-je. J'ai besoin de vous.

— Nous ne profiterons pas de toi dans cet état. Dors, et nous serons là à ton réveil.

Il s'allonge à côté de moi pour illustrer son propos. Bien. Il est suffisamment près pour que je tende la main et que je touche…

— Faut-il que je t'attache ? gronde-t-il, se tournant sur le dos pour se protéger de mes mains envahissantes.

— J'adore être attachée ! m'exclamé-je, pleine d'enthousiasme. Être attaché, c'est amusant.

— Crispin, je t'en prie ! supplie Storm, qui me tient les poignets tandis que j'essaie à nouveau de m'approcher de lui.

Le guérisseur rit et apparaît contre mon autre flanc, détournant mon attention pour que je n'essaie plus de déboutonner le jean de Storm. Il pose une main sur mon front, douce et fraîche.

— Dors, Wyn, murmure-t-il et une chaude étreinte m'enveloppe, m'aidant à m'éloigner de mes pensées arc-en-ciel.

CHAPITRE

SEPT

La honte m'envahit. Ensuite, des mots surgissent dans mon esprit.

Le Printemps est enlevé. L'Été sera trahi. Où est l'Automne ? Trouvez l'Automne ou l'Hiver dégèlera. L'équilibre doit être maintenu. Les ténèbres arrivent, il n'y a pas d'échappatoire.

Je murmure les mots avant qu'ils ne s'échappent de mon esprit.

— Quoi ? murmure un Crispin endormi dans mon oreille.

Sa tête est blottie contre mon épaule, son souffle chaud contre ma joue.

— Blaze a dit ça quand il était dans son coma alimentaire.

Mon gardien se redresse, s'étranglant de rire.

— C'était ça ? Il a trop mangé ?

Je souris.

— Oui. Trop de magie. Mais il a dit qu'il l'avait fait volontairement, pour avoir une vision. Apparemment, les licornes peuvent faire ça. Il m'a dit de noter sa prophétie, mais je crois que mon esprit est devenu un peu bizarre après coup.

— On peut dire cela, s'amuse Crispin. Tu étais plutôt mignonne.

Je lui donne un coup de coude dans la cuisse qui le fait rire encore plus.

— C'était encore mieux que la première fois qu'il t'a donné des *sparklies*. Cela n'a pas de prix, vraiment.

Avec ma magie, je lui ébouriffe les cheveux et il glapit, se frappant la tête d'une main comme s'il s'attendait à voir des araignées. Je me redresse à mon tour, remarquant que je porte toujours la même robe que lors de mon voyage au royaume des dragons. Était-ce seulement ce matin ?

— Quelle heure est-il ? demandé-je, même si je sais que ma magie pourrait sans doute répondre à cette question.

— Trois heures du matin. Nous ne savions pas combien de temps durerait l'effet licorne, alors je t'ai fait dormir sans doute un peu plus longtemps que nécessaire.

— Merci, lui dis-je en souriant.

— Tu n'es pas fâchée ?

Je grimace.

— Parce que vous ne m'avez pas laissée me comporter comme une idiote ? Non, c'est mieux de m'assommer. Tu as la permission de recommencer la prochaine fois.

Crispin s'esclaffe.

— Avec plaisir. Toutefois, j'espère que tu n'as pas l'intention de consommer à nouveau des *sparklies* dans un avenir proche.

— Non, certainement pas. Il s'agissait d'une urgence. Et maintenant que je peux vraiment y réfléchir, Blaze a eu raison de faire ça. « Le Printemps est enlevé. » Je pense que nous devrions découvrir si quelque chose s'est passé dans le royaume du Printemps. Flora est toujours ici au palais, n'est-ce pas ?

Il acquiesce.

— Pour autant que je sache. Je crois l'avoir vue dans la grande salle lors du dîner hier soir.

Je soupire. J'ai vraiment envie de rester au lit avec Crispin, de faire certaines des choses que j'avais prévu de faire avec les gars quand j'étais droguée, mais le poids des responsabilités me pousse à me lever.

— Je ferais mieux de lui rendre visite. Veux-tu venir ?

Crispin secoue la tête.

— Je vais aller voir s'il y a de nouveaux rapports en provenance du royaume du Printemps. On se retrouve dans ton bureau ?

— Oui. Espérons que ce n'étaient que des bêtises de licorne, ou que cela ne s'est pas encore produit.

Je me téléporte hors de ma chambre, vers les quartiers des invités. J'ignore quelles chambres ont été attribuées à Flora, alors j'apparais à la porte principale menant à l'aile des invités. Les deux gardes sursautent et crient, mais s'inclinent aussitôt en me voyant.

— Désolé, Votre Altesse, s'excuse l'un d'eux. Je ne savais pas que c'était vous.

— Conduisez-moi à la déesse du Printemps, dis-je sans engager la conversation. C'est urgent.

Le garde acquiesce et ouvre la porte, me faisant signe de le suivre. L'aile réservée aux hôtes est vaste et s'étend sur plusieurs étages, avec suffisamment de chambres pour accueillir des centaines de personnes. Tous les dieux ne peuvent pas se téléporter, et après une longue nuit de boissons et de plaisirs, certains préfèrent rester ici plutôt que de se rendre à la porte la plus proche. Avoir une chambre est également utile lorsque vous rencontrez un joli gardien à emmener au lit.

Heureusement, les quartiers de Flora ne sont pas loin. Le

garde me jette un regard interrogateur et je lui ordonne de retourner à son poste.

J'attends qu'il soit parti pour frapper à la porte. Il n'y a pas de réponse, mais c'est le milieu de la nuit, donc je ne m'attendais pas à ce que Flora soit réveillée.

Je frappe à nouveau, puis j'entre dans la pièce sombre. D'une pensée, j'allume la lumière. Je me trouve dans un salon confortable, rendu accueillant par les dizaines de vases de fleurs qui parsèment les étagères et les tables. De toute évidence, la déesse du Printemps a essayé de faire de cet endroit un lieu accueillant. Elle doit regretter son propre royaume, qui, d'après ce qu'elle a dit, est très différent de celui-ci. Plus de couleurs, moins de neige, évidemment.

— Flora ? appelé-je pour l'avertir de ma présence, avant de me diriger vers la porte au bout de la pièce.

Je ne veux pas l'effrayer. En fait, je pourrais simplement utiliser ma magie. Idiote que je suis, je n'en ai pas encore l'habitude. Je me concentre sur mon environnement, à la recherche d'auras proches. Il n'y a personne ici. *Merde.*

Je cours ouvrir la porte de la chambre, mais comme je le pensais, elle est vide. On dirait que personne n'a dormi dans le lit ce soir, mais il y a des boîtes et des vêtements partout, alors elle s'est certainement installée. Peut-être est-elle en train de faire la fête, ou bien elle a trouvé un amant. Je refuse de penser qu'il s'agit de quelque chose de plus sinistre.

Je me téléporte à l'entrée de l'aile des invités. Cette fois, les gardes ne crient pas autant.

— Quand avez-vous vu Flora pour la dernière fois ? les interrogé-je aussitôt, et ils se regardent.

— Hier, dit l'un d'eux et l'autre acquiesce. Elle est revenue ici après le dîner, et quelques minutes plus tard, l'un de vos gardiens est venu la chercher.

— Un de mes gardiens ? insisté-je, un sentiment d'insécurité me saisissant le ventre.

Pitié, ça ne peut pas recommencer !

— Crispin, Votre Altesse, précise l'autre garde. Il a dit que vous requériez la présence de lady Flora.

Je me téléporte loin d'eux, dans mon bureau. Dès que j'y suis, je tire sur le lien qui me relie à mes gardiens. J'essaie d'éviter de le faire parce qu'ils n'aiment pas cette sensation, mais j'ai besoin d'eux ici, maintenant, et je n'ai pas le temps de les chercher.

J'ouvre la porte et je dis à l'une des gardes à l'extérieur de ramener Tamara. Si elle est surprise que je sois dans le bureau alors qu'ils ne m'ont pas vue franchir la porte, elle ne le montre pas. Je suppose que ma mère les a habitués à ça.

— Mes gardiens seront là d'une minute à l'autre. Vous pouvez les laisser entrer sans demander.

Elle acquiesce et incline la tête.

Je referme la porte derrière moi et j'observe mon bureau vide. Une fois de plus, j'ai une crise à gérer, et une fois de plus, ma mère n'est pas là pour m'aider. C'est déprimant.

Arc est le premier à faire irruption dans la pièce.

— Que s'est-il passé ? s'enquiert-il, totalement essoufflé.

Il a dû courir jusqu'ici.

— Flora a disparu. Mais attendons les autres. Nous avons un autre faux Crispin en liberté.

— Un autre ? répète-t-il, se laissant tomber sur l'une des chaises. Est-ce que les gens n'ont pas été avertis qu'il était possible que l'un d'entre eux réapparaisse ?

Je soupire.

— Apparemment non, ou alors il connaissait le mot de passe. Je vais devoir demander aux gardes. En fait, attends les autres ici, je reviens tout de suite.

Je me téléporte dans l'aile des invités. Les deux mêmes gardes sont toujours là.

— Quand Crispin est venu chercher Flora, lui avez-vous demandé le mot de passe ?

Je pose la question sèchement, m'attendant presque à ce qu'ils avouent ne pas l'avoir fait, mais le costaud de droite s'incline.

— Bien sûr, Votre Altesse. Il a répondu correctement, affirme-t-il avant de s'arrêter un instant, échangeant un regard avec son collègue. Cela signifie-t-il qu'il s'agit d'un imposteur ?

Je hoche la tête.

— Apparemment, oui. Pour l'instant, faites passer le message que le vrai Crispin restera à mes côtés. S'il est repéré sans moi, donnez l'alerte.

Je disparais avant qu'ils puissent répondre ; je leur fais confiance pour suivre mon ordre. De retour dans mon bureau, Crispin et Storm ont rejoint Arc. Je ne peux pas m'en empêcher, je scrute l'aura de Crispin pour m'assurer qu'il s'agit bien de lui.

— J'ai vérifié, murmure Arc. C'est Crisp.

— Le seul et l'unique, dit Crispin d'un ton sombre. Désolé de te causer autant d'ennuis.

Je vais vers lui et le tire de sa chaise, le prenant dans mes bras.

— Ce n'est pas ta faute, lui chuchoté-je à l'oreille. Rien de tout cela n'est ta faute.

Il secoue la tête comme s'il n'était pas d'accord, mais c'est alors que Frost entre en courant dans la pièce, haletant fortement.

— Que se passe-t-il ?

Derrière lui se trouve Tamara, un filet recouvrant ses cheveux gris. Elle ressemble encore plus à une grand-mère dans sa robe de chambre violette et ses pantoufles pelucheuses.

Je m'éloigne de Crispin : une fois de plus j'aurais voulu pouvoir voir son visage. Son aura est sombre et morose, pleine de tristesse et de regrets. Cela se voit-il dans son expression ? Dans ses yeux ?

Je respire profondément et me tourne face à mes gardiens.

— La déesse du Printemps a disparu. Les gardes ont vu Crispin l'emmener, et comme *mon* Crispin n'a pas fait cela, nous devons supposer que nous avons un autre clone dans le palais. Crispin, à partir de maintenant, tu resteras à mes côtés, de sorte que si ton clone est vu seul, tout le monde saura qu'il s'agit d'un imposteur.

— Je suppose que c'est une manière comme une autre de passer du temps avec toi, répond-il à mi-voix, mais je n'ai pas le temps de répondre.

L'enjeu est trop important.

— La disparition de Flora correspond à ce que Blaze a dit pendant sa vision.

— C'était ça ? m'interrompt Tamara. Une vision ? J'ignorais que les licornes avaient ce pouvoir.

Je hausse les épaules.

— Moi aussi, mais apparemment, elles l'ont. Il a dit que le Printemps serait pris, et c'est exactement ce qui s'est passé. Nous devons retrouver Flora, mais il y a d'autres choses dont nous devons être conscients.

— L'Été sera trahi, récite Crispin. Trouvez l'Automne ou l'Hiver dégèlera. L'équilibre doit être maintenu. Les ténèbres arrivent, il n'y a pas d'échappatoire.

— Cela signifie-t-il que la Morrigan va trahir Angus ? s'enquiert Tamara, la voix pleine d'espoir.

— Ce serait chouette, marmonné-je, mais la vie n'a pas été très chouette ces derniers temps. Peut-être y aura-t-il une trahison à l'intérieur du royaume ? Peut-être sa femme le trahirat-elle ? Qui sait ? Pour l'instant, je pense que nous devons nous concentrer sur Flora et Automne.

Je repousse la question la plus importante, car je ne veux pas montrer mon ignorance. Je croyais avoir appris pas mal de choses sur les dieux et les déesses, mais une fois de plus, mon manque de connaissances est flagrant. Bon, il n'y a pas de moyen d'éviter le sujet.

— Qui est le dieu de l'Automne ? demandé-je, me réprimandant intérieurement.

C'est une question idiote. Je devrais le savoir.

— Ou bien, est-ce une déesse ?

— Il n'y en a pas, répond Storm en haussant les épaules. Il n'y en a jamais eu.

— Attendez… donc il y a des dieux pour le Printemps, l'Été et l'Hiver, mais pas pour l'Automne ? N'est-ce pas un peu discriminatoire ?

— Je ne suis pas sûr qu'il y ait discrimination envers une saison. Je pense qu'il n'y en a jamais eu besoin. En automne, Beira prend la relève d'Angus et introduit lentement l'hiver dans toutes les vies. Au printemps, elle se retire, mais pendant l'hiver, certains êtres meurent, il faut donc la déesse du printemps pour redonner vie aux mondes, avant de passer le relais à Angus.

Cela n'a pas vraiment de sens pour moi, mais d'accord, il n'y a pas de dieu officiel de l'Automne.

— Je crois que Blaze n'est pas d'accord avec ça, souligné-je. Il a dit de trouver l'Automne. Comment trouver un dieu qui n'existe pas ?

— C'est peut-être une énigme, suggère Tamara. Peut-être ne devrions-nous pas le prendre au pied de la lettre.

— Qu'est-ce que cela pourrait signifier d'autre ? demande Storm. Personne ne répond, nous sommes tous aussi désemparés.

— Automne… récolte… fin de l'été…, murmuré-je plus pour moi que pour les autres. Début de l'hiver… troisième saison de l'année…

— Attends, intervient Frost, et son aura s'éclaircit. Le début de l'hiver. *Winter*. C'est peut-être le signe que tu devrais être couronnée ?

Je soupire.

— Je te serais reconnaissante de ne pas interpréter des choses qui n'ont pas de sens. Je sais que vous voulez tous que je prenne le trône, mais ce n'est pas à vous de prendre cette décision.

— Mais, ne vois-tu pas ? s'exclame-t-il, et son enthousiasme me trouble. Nous couronnerions l'Automne. Pas l'Hiver. Ta mère n'aurait pas à renoncer au trône si nous ne couronnions pas l'Hiver, mais l'Automne.

Je secoue la tête.

— Aussi charmant que cela puisse paraître, ce royaume a besoin d'une reine de l'Hiver, pas d'une reine de l'Automne.

— Ha ! s'exclame Tamara à son tour. Vous avez dit qu'il avait besoin d'une reine. Enfin !

— Arrêtez ça, vous tous ! grondé-je, grimaçant. Ce n'est pas un sujet de discussion.

— Fin de la chaleur, début du froid, dit Crispin à voix basse. Le feu et la glace. Je pense que nous avons déjà trouvé l'Automne.

Mon cœur se met à battre plus vite quand je comprends ce qu'il veut dire.

— Dewi ? La déesse dragon ?

Crispin hoche la tête.

— Peut-être que j'essaie de nous faciliter la tâche, mais c'est logique. Ce sont des dragons de glace qui vivent dans un royaume chaud. C'est comme au moment du changement de saison, on a les deux climats en même temps.

— Ma mère ne serait-elle pas au courant de son existence ? Je n'arrive pas à croire qu'une déesse puisse rester si longtemps sous le radar, surtout si elle représente l'une des saisons.

— À ce propos, dit Tamara qui tire un livre de la poche de sa robe de chambre. Après vous avoir entendus parler de Dewi, j'ai décidé de faire des recherches. Elle est mentionnée ici, mais pas en tant que déesse.

Elle me tend le livre, sachant que je serai capable d'en lire tout le contenu en quelques secondes. Je pose ma main sur la couverture et je respire profondément, avant de laisser le savoir affluer en moi.

— Oh !

— Exactement, confirme Tamara. Pensez-vous à la même chose que moi ?

— Qu'est-ce que c'est ? demande Storm avec impatience.

Je souris.

— Dewi est décrite ici comme une demi-déesse, fille d'un métamorphe dragon et d'un dieu sans nom. Elle a été élevée loin des royaumes et a grandi parmi les dragons. À présent, c'est une déesse. Cela vous rappelle-t-il quelqu'un ?

Leurs auras changent quand ils comprennent ce que cela signifie.

— Elle est comme toi, halète Frost. Une demi-déesse devenue déesse. Ce qui signifie qu'elle pourrait être l'Automne, mais qu'à cause de l'existence recluse des dragons, personne ne l'a nommée comme tel. Ce qui explique aussi pourquoi Beira ignore tout d'elle.

Je hoche la tête.

— Exactement. Je pense que nous avons trouvé notre Automne, et heureusement, elle est déjà de notre côté. Enfin de bonnes nouvelles.

— Trouvez l'Automne ou l'Hiver dégèlera, récite à nouveau

Crispin. Cela signifie que sans son aide, nous aurions probablement perdu la bataille. Ce qui ne veut toutefois pas dire que nous allons gagner, même avec les dragons. Ce ne sera pas facile.

— Oui, et le Printemps a disparu. Nous devons retrouver Flora.

Arc n'a rien dit jusqu'à présent, ce qui est inhabituel pour lui, mais je n'ai pas le temps de m'en inquiéter.

— Oui. Notre priorité pour l'instant est de trouver la déesse du Printemps, et les clones de Crispin qui pourraient encore se trouver dans le palais. Storm, je te charge des recherches. Arc et Frost t'aideront. Tamara, veuillez informer le conseil et nos alliés.

— Et moi ? s'enquiert Crispin, une ombre entourant les bords de son aura.

Il ne veut pas être mis à l'écart.

— Tu es avec moi, lui réponds-je avec un sourire. J'ai quelque chose à faire.

CHAPITRE
HUIT

Je nous téléporte au sommet de la plus haute tour. Je ne crois pas avoir besoin d'être dehors ni ici, tout en haut, mais cela me donne un peu plus d'assurance pour ce que je m'apprête à essayer.

— Veux-tu bien m'expliquer ce que nous faisons ici ? me demande Crispin qui s'approche du bord de la tour et regarde en bas.

Il fait encore nuit, mais une mince lueur d'aube se dessine à l'horizon derrière lui. Bientôt, le soleil se lèvera et un nouveau jour commencera.

— J'ai besoin de sentir l'équilibre, expliqué-je d'une voix tranquille, espérant que cela ne paraisse pas trop idiot. Ma mère et Blaze en ont parlé, et Beira a dit que je pouvais le *sentir*. J'ai besoin de savoir à quel point la situation est grave.

Il acquiesce.

— Comment puis-je t'aider ?

— Monte la garde. Je ne veux pas être surprise par des gardes ou des assassins trop enthousiastes.

Crispin s'esclaffe.

— Tu places les gardes et les assassins dans la même catégorie, maintenant ?

— Ils sont tous aussi ennuyeux, réponds-je, haussant les épaules. Je parle comme une vraie princesse, n'est-ce pas ?

Il éclate de rire.

— En effet. Ne t'inquiète pas, je ne laisserai personne te déranger.

— Merci. Et si je commence à marmonner des prophéties comme Blaze, je te prie de les ignorer. J'ai eu assez de conseils énigmatiques pour aujourd'hui.

Crispin rit encore, et son aura se teinte d'un or magnifique. Dans une autre vie, je l'étreindrais et l'embrasserais sur-le-champ, mais je ne suis plus cette Wyn. Je ne peux plus l'être. Je m'assieds sur le marbre froid et je croise les jambes. Peut-être devrais-je commencer à méditer en chantant, pour ajouter au ridicule de la situation ? Je n'ai aucune idée de ce que je fais.

La voix de ma mère résonne dans mon esprit. *Sans équilibre, tous les royaumes s'effondrent. Je le sens déjà. Concentre-toi, et tu le sentiras aussi.* Je ferme les yeux, puis je respire lentement et profondément. Je n'ai jamais été très douée pour rester assise sans bouger. Dès que je m'assieds, je pense à quelque chose que je dois faire, ou que j'ai envie de faire. Mais là, c'est important. Concentre-toi, Wyn. Concentre-toi.

Je me focalise sur ma respiration sans la modifier. Inspire, expire. Inspire, expire. L'air pénètre en moi, puis ressort, me reliant au monde extérieur. J'entends Crispin dans mon dos, qui respire le même air. Dans ce palais, tout le monde inspire et expire. Tout le monde. Partout. Je me sens liée à eux par ce mouvement simple et essentiel.

Inspire, expire. C'est un équilibre qui ne peut être rompu. Nous devons inspirer l'air autant que nous avons besoin de l'expirer. C'est un cycle constant, aussi régulier que les saisons. Il n'y a pas d'été sans hiver.

Lentement, ma conscience s'élargit et je ressens différemment la magie qui m'entoure. Elle palpite, se déplaçant selon des motifs que je n'avais pas vus auparavant. Des tourbillons, des nœuds, et des lignes parallèles. Il y a un message là-dedans, un simple avertissement qui se répercute dans la force vitale de chacun.

Protection.

Toutefois, la magie n'est qu'une petite partie d'un tableau plus vaste. J'élargis encore mes sens, jusqu'à atteindre les forces sous-jacentes qui alimentent la magie. La vie et la mort. Encore un équilibre, mais celui-ci est entaché. Il souffre, et il veut que je l'aide, mais je ne sais pas comment. Il y a plus de mort que de vie, et la situation évolue rapidement. Avec la prochaine bataille, ce déséquilibre ne fera que s'aggraver. Nous avons besoin de davantage de vie pour rétablir l'équilibre, mais comment y parvenir ? Je ne peux pas dire à tout le monde de faire davantage de bébés ! Non, il faut prendre le problème dans l'autre sens. Prévenir les morts.

Je flotte plus loin, vers le cercle des saisons. Elles sont basées sur la vie et la mort, et pourtant, elles sont bien plus que cela. L'hiver n'est pas seulement synonyme de mort, mais aussi de renouveau, de préservation, de rétablissement. L'été, c'est la vie et la décadence, la beauté et la sécheresse. Il y a ensuite l'automne et le printemps, périodes de changement et de transition. Encore une fois, il y a la mort et la vie dans les deux cas. Ce n'est que lorsque ces quatre éléments sont réunis que la vie peut s'épanouir. Je ne l'avais jamais vu aussi clairement, mais maintenant, je sais au plus profond de mon cœur ce que d'autres ont essayé de me dire. L'hiver doit être fort pour rivaliser avec la puissance de l'été. Il ne s'agit pas d'affaiblir l'été, non, cela irait à l'encontre de l'équilibre. Il s'agit de les mettre tous sur un pied d'égalité.

Je me laisse emporter par la magie, m'imprégnant de la sensation d'angoisse qui se dégage du déséquilibre. Des failles apparaissent déjà dans le canevas de la vie, et je sais que si rien n'est fait, la magie commencera à jaillir des déchirures pour se déverser dans le néant. Nous serons tous impuissants, quel que soit le royaume dans lequel nous vivons. Il n'y aura plus de magie, et sans elle, il n'y a ni vie ni mort. Des images défilent dans mon esprit. Des bébés qui pleurent, du sang qui coule de blessures jamais refermées, des amants déchirés. Des forêts qui brûlent, des lacs asséchés, des récoltes trop faibles pour nourrir les familles. Le monde qui souffre, et personne qui ne fait rien pour y remédier. Au contraire, nous ne faisons qu'aggraver la situation.

Nous avons besoin d'aide, et l'aide viendra.

— Je vais arranger les choses, promets-je. L'équilibre sera rétabli.

Un sentiment de gratitude se répand en moi, et je sais qu'il ne s'agit pas de ma propre émotion. D'autres images me viennent à l'esprit, mais elles sont différentes. Elles représentent l'espoir.

J'ouvre les yeux et les referme aussitôt, aveuglée par le soleil. Comment se fait-il qu'il fasse déjà aussi jour ?

— Tu es réveillée ? demande Crispin d'une voix endormie.

Il est assis contre le rempart et m'observe.

— Combien de temps ai-je été… absente ?

— Cela doit faire au moins trois heures. Ta respiration est devenue très lente, et j'ai été inquiet pendant un moment. C'est comme si tu étais tombée dans le coma, mais ensuite, tu t'es stabilisée.

J'ai du mal à déglutir. Trois heures.

— Nous ferions mieux d'y retourner, je suis sûre que nous manquons déjà aux autres.

— Le lever du soleil était magnifique, déclare Crispin d'une voix douce, et son aura devient un peu bleue au centre. Je me demande combien d'autres nous pourrons regarder.

Je me lève et m'approche de lui, puis je lui tends la main.

— Une éternité. Nous ne nous laisserons pas vaincre, et nous renverrons la Morrigan dans le trou sombre d'où elle est sortie. Ce n'est pas la fin, Crispy. Ce n'est que le début de notre vie ensemble.

Il lève les yeux vers moi, et pendant un instant, je vois dans ses yeux un éclair d'émotion qui me fait trébucher. Puis son aura couvre à nouveau son visage, et je respire difficilement devant l'adoration que je lis dans son regard.

— J'aime quand tu m'appelles Crispy, me dit-il en riant. Mais ne le dis pas aux autres.

J'éclate de rire.

— J'emporterai ton secret dans la tombe. Non, laisse-moi reformuler. Je garderai le secret pour l'éternité.

— Tu as intérêt. Je ne crois pas que mes ennemis auront peur quand ils apprendront que tu m'appelles Crispy.

— Est-ce qu'ils ont vraiment peur ?

Il hausse les épaules.

— On ne sait jamais. Ces clones pourraient en fait m'aider à me forger une réputation redoutable, répond-il, et son aura s'assombrit un peu. Encore une fois.

Pour le distraire, je saisis ses mains et le tire vers le haut, me servant d'un peu de magie pour me donner assez de force. Il est le moins costaud des quatre, mais ça ne signifie pas qu'il est petit. Ou léger.

— Nous devrions retourner auprès des autres. Crispy.

— Je sais, répond-il avec un soupir. J'aimerais que nous puissions rester ici et profiter du soleil ensemble.

— Quand tout sera terminé, je prendrai un mois de congé et je le passerai avec vous tous, lui promets-je. Le royaume devra se débrouiller tout seul.

Les ténèbres de son aura disparaissent.

— Nous pourrions parcourir les royaumes, dit-il avec enthousiasme. Je pourrais te montrer des endroits incroyables.

— C'est bon d'avoir quelque chose à attendre avec impatience. Nous y arriverons. Nous n'avons qu'un dieu abruti et une garce diabolique à vaincre. Ça ne devrait pas être trop difficile.

Bien sûr, personne n'a vu le faux Crispin ni Flora. Cela m'aurait surprise ; la Morrigan est bien trop intelligente pour ça. Ils sont sans doute dans son royaume à l'heure qu'il est, et la déesse du Printemps est leur prisonnière, voire pire.

— Nous devons la ramener, dit Gwain d'un ton grave, la main crispée sur la poignée de son épée. Nous avons échoué à la protéger.

Tamara et lui se tiennent devant mon bureau, l'air sombre et épuisé.

— C'est vrai, mais nous ne pouvons pas la ramener, réponds-je, levant une main lorsqu'ils commencent à protester. J'ai vu ce qui était en jeu. Maintenant que l'Automne est de notre côté, Angus a besoin du Printemps. L'Automne, c'est la dragon. Gwain, je vous expliquerai plus tard. L'équilibre est déjà suffisamment perturbé et nous ne pouvons pas le compromettre davantage.

— Mais elle est notre alliée ! proteste Gwain. Nous lui avons promis qu'elle serait en sécurité.

J'acquiesce tristement.

— Oui, c'est vrai. Je le lui ai promis, et c'est ma responsabilité. Croyez-moi, je me sens aussi mal que vous, si ce n'est plus. Bien plus.

Je me lève de ma chaise et les regarde droit dans les yeux. Non pas que je puisse les voir, mais j'espère qu'ils ne le remarqueront pas.

— Je sais ce que je dois faire pour rétablir la paix, à commencer par mon couronnement.

Tamara ne peut réprimer un petit halètement.

— Vous avez changé d'avis ? Comment ?

— J'ai vu ce qui se passerait si je ne le faisais pas, réponds-je, tâchant de ne pas laisser transparaître l'amertume dans ma voix. Je ne suis toujours pas d'accord, mais je sais ce que je dois faire. Je dois devenir reine.

Gwain s'incline profondément.

— Votre Majesté.

— Pas encore, réponds-je en secouant la tête. Mais je vais devoir le devenir bientôt. Tamara, je sais que vous mourez d'envie d'organiser le couronnement. Je suppose que vous avez déjà pris des dispositions à mon insu ?

— Bien sûr que oui. Je savais que vous changeriez d'avis.

Elle ne s'excuse pas le moins du monde, mais je m'en fiche. Je l'apprécie pour son enthousiasme, et la passion dont elle fait montre envers ce qu'elle croit.

— Il faut que ce soit bientôt. Combien de temps vous faut-il ?

Elle réfléchit un instant.

— Je peux terminer les préparatifs d'ici demain soir, mais cela risque de ne pas suffire pour envoyer les invitations à tout le monde. Je suggérerais de le faire après-demain, ce qui donnerait à nos alliés la possibilité d'y participer. Nous avons besoin qu'ils y assistent, pour qu'ils voient votre puissance et qu'ils comprennent pourquoi ils veulent continuer à s'allier à notre royaume.

C'est plus tard que ce que j'avais espéré, mais je comprends son raisonnement. Ici, tout est question d'apparence, et ce sera l'occasion rêvée de réunir tous nos alliés. Je pourrais même combiner cela avec des réunions de préparation pour le combat. Faire plusieurs choses à la fois, c'est ma spécialité.

— Usez de toutes les ressources qu'il vous faudra. Le trésor est à vous, mais s'il vous plaît, veillez à ce que la robe soit simple. Je frémis à l'idée de devoir porter une autre robe monstrueuse.

Tamara éclate de rire.

— Ne vous inquiétez pas, elle sera spectaculaire.

C'est précisément ce qui m'inquiète. Pour elle, spectaculaire est synonyme de diamants et de beaucoup de tissu inutile. Ou d'absence de tissu aux endroits importants. Ces deux perspectives ne sont pas très attrayantes, mais même moi, je comprends que je ne peux pas être couronnée reine de l'Hiver en t-shirt et en jean.

Gwain ne semble toujours pas satisfait de la situation.

— Flora est toujours en vie, et indemne, le rassuré-je. Je le sens et je pense qu'une fois couronnée, je pourrai lui parler.

— Quoi ? Comment ? demande-t-il, confus.

— Jusqu'à présent, l'équilibre était assuré par l'été et l'hiver, mais maintenant que l'automne est apparu, le printemps a un rôle plus important à jouer. Je pense qu'une fois que nous serons tous les quatre en poste, les choses commenceront à bouger. Le jeu n'a pas encore commencé, et je suis convaincue que la Morrigan en est consciente. Elle attend que le dernier joueur prenne sa place. Je n'ai pas l'intention de la décevoir. Je sais maintenant des choses qu'elle ignore.

Je souris. Je ne veux pas leur en dire plus. Moins il y a de gens au courant, mieux c'est.

— Je ferais mieux d'aller dire à mes hommes qu'ils seront bientôt consorts royaux.

CHAPITRE
NEUF

Mon père dort profondément et ma mère est trop faible pour réagir, ce qui signifie qu'aucun des parents qui me restent ne peut me témoigner quelque sympathie pour mon couronnement imminent. Je m'apitoie sur mon sort au point de me noyer et j'ai besoin d'un exutoire.

Les garçons essaieront probablement de se montrer réconfortants, mais ils ont tous essayé de me persuader de devenir reine depuis que la question a été soulevée pour la première fois. Même chose pour Tamara. À qui d'autre puis-je m'adresser ? Ada peut-être ? Non. Je devrais la laisser se rétablir et passer du temps avec ses hommes. Il ne reste donc qu'une seule personne… Euh… qu'une licorne.

Je me concentre sur ma magie et la laisse courir librement. Elle ronronne de bonheur, saute partout autour de moi, faisant trembler les livres sur les étagères qui m'entourent. Je n'ai pas eu l'occasion d'utiliser de vraie magie récemment. Me téléporter est différent, et le peu de magie du vent que j'ai utilisé dans le

115

royaume des dragons n'a même pas effleuré la surface de mes pouvoirs. *Trouve Blaze*, lui dis-je, persuadée qu'elle pourra trouver l'être le plus magique de tous dans ce palais. Je veux dire, la licorne *mange* la magie. Il n'y a pas plus extrême que cela.

Elle part en courant, et plus elle avance, plus ma conscience augmente. J'entends des gens parler dans plusieurs couloirs, je sens la sueur des soldats qui s'entraînent à l'extérieur, tout comme la brise dans la cour où Blaze est en train de dormir. Waouh. Je devrais le faire plus souvent. Si je le voulais, je pourrais sans doute écouter des gens de l'autre côté du palais. Pas étonnant que ma mère sache toujours tout.

Ma magie galope autour de Blaze et je me concentre sur son énergie, me téléportant à son emplacement une seconde plus tard. La vie est si facile quand on est puissant ! Trop facile. Je commence à m'inquiéter du risque de devenir bientôt suffisante.

— Bonjour, Blaze, salué-je la licorne qui est allongée sous un arbre couvert de neige.

Il ouvre paresseusement un œil.

— Bonjour, my lady. Es-tu ici pour les *sparklies* ? demande-t-il avec un grand sourire que je lui rends.

— Non, plus jamais. Storm me tuerait si j'en prenais. Je suppose que tu n'as pas eu vent de mon comportement après ton petit incident d'hier ?

Il me regarde en battant des cils.

— Je n'ai rien entendu. Mais sache que les bébés licornes naissent sans cornes.

— Blaze !

Il glousse.

— Ne t'inquiète pas, princesse, mes lèvres sont scellées. Mais si tu souhaites savoir comment sont engendrés les poulains de licorne, tu sais où me trouver.

— Serais-tu en train de me faire des avances ? demandé-je, abasourdie.

— Non, je te propose une leçon de sciences. Je n'aime pas les humanoïdes.

— Heureusement !

Il sourit et se met à quatre pattes, secouant sa crinière chatoyante.

— Pourquoi es-tu venue, si ce n'est pas pour les *sparklies*, et pas pour parler des poulains non plus ?

Je respire profondément avant de dire :

— Je vais devenir reine.

Il n'a pas l'air surpris le moins du monde.

— Y a-t-il jamais eu de doute à ce sujet ?

— Oui ! Ma mère est encore en vie, et en général, une reine doit mourir avant qu'une autre soit couronnée.

— Détails techniques, répond-elle d'un air dédaigneux. Tu as l'étoffe d'une grande reine, et c'est tout ce qui compte.

— Merci, enfin je crois, murmuré-je, un peu déçue de ne pas avoir droit non plus à de la compassion de sa part.

J'aimerais que ma mère soit là. J'aurais bien besoin d'un câlin, et des mots qu'elle me murmurait pour m'apporter confiance et réconfort. Mais non, la Morrigan me l'a enlevée. Je ne pourrai plus jamais me blottir contre elle. Elle ne pourra plus jamais me prendre dans ses bras. La gravité de tout cela me frappe en plein cœur. J'ai fait mon deuil, mais il y a encore tant de tristesse au fond de moi. C'est douloureux.

— Des *sparklies* ? murmure Blaze, mais je lui lance un regard noir et je m'éloigne.

— Ne me tente pas. S'il te plaît, ne fais pas ça.

Il hoche la tête.

— Désolé, mauvaise blague. Veux-tu discuter ? Est-ce que c'est ce que font les humains ?

— Sans doute que oui, mais il n'y a pas grand-chose à dire. Ma mère humaine est morte, ma mère est si faible qu'elle ne pouvait même pas me parler aujourd'hui, et mon père est traumatisé. Tout le monde veut que je devienne reine, mais tout ce que moi je veux, c'est avoir le temps de gérer ce qui est arrivé, et passer du temps avec mes hommes. Je veux juste un peu de paix et de tranquillité, Blaze.

Il reste silencieux un moment, m'observant de ses beaux yeux sombres. Puis il dit :

— Touche ma corne, princesse.

— C'est hors de question ! protesté-je.

Je n'ai pas l'intention de déblatérer à nouveau sur les bébés licornes, ou pire encore.

— Ce n'est pas pour les *sparklies*, explique-t-il. Je veux simplement t'offrir ce moment de paix dont tu meurs d'envie. Pas d'effets secondaires, je te le promets, et le temps ne passera pas plus vite ici pendant ton absence. Magie spéciale licorne.

Il me fait un clin d'œil. Ai-je confiance en lui ? Ce n'est pas la bonne question. Je lui fais confiance pour être de mon côté et ne pas me tuer. Lui fais-je confiance pour ne pas troubler mon esprit et me transformer en folle pour son propre amusement ? Je n'en suis pas si sûre.

— Je te le promets, répète-t-il. Ce n'est rien de méchant. Tu m'as aidé, et maintenant, je t'aide en retour.

— Pas de *sparklies* ? insisté-je une dernière fois, et il secoue la tête en souriant.

— Absolument pas de *sparklies*.

— D'accord, alors… mais si tu mens, je ferai de toi une licorne très, très morte. Je suis sûre qu'une peau de licorne serait du plus bel effet sur le sol de mon bureau.

Il grimace.

— Je suis sur le point de retirer mon offre !

Avant qu'il puisse le faire, je touche sa corne et je suis emportée loin de la cour, et à travers la magnifique lumière d'un arc-en-ciel.

Je connais cet endroit. Il n'y a pas d'erreur possible sur la formation rocheuse familière qui se trouve sur la plage blanche immaculée. J'y suis venue à plusieurs reprises pour des vacances en famille. Barra, une des îles des Hébrides extérieures, où l'avion se pose sur la plage. J'adorais cet endroit quand j'étais enfant. Pff! Qui crois-je tromper? J'adore même en tant qu'adulte. Ce moment où les roues de l'avion touchent le sol et où le sable est projeté en l'air, cachant le minuscule petit aéroport à la vue de tous. Nous nous sommes retrouvés bloqués à deux reprises, parce que l'avion ne pouvait pas décoller en raison de vents violents. C'est un endroit magnifique, mais pourquoi suis-je ici?

— Pour te détendre! explose la voix tonitruante de Blaze autour de moi, se répercutant jusque dans mes os.

Bon, très bien. Il veut que je me détende.

— Combien de temps me reste-t-il? crié-je, sans savoir s'il pourra m'entendre.

— Aussi longtemps que tu le voudras. Le temps ne s'écoule pas dans cet endroit, alors n'aie pas l'impression de rater quelque chose. Détends-toi simplement, et crie quand tu voudras rentrer.

— Euh, Blaze?

— Oui, princesse?

— Tu me vois?

Il glousse.

— Non, tu es dans ta tête, idiote. Je ne fais qu'apporter la magie nécessaire pour que cela paraisse réel.

Ouf ! Cela signifie que je peux me déshabiller et aller me baigner. Je ne veux pas que la licorne me voie nue. Je sais qu'il n'est pas humain, et qu'il n'est pas intéressé, mais quand même, j'aime mon intimité.

Je retire mes chaussures et retrousse mon pantalon avant de me diriger vers la mer. L'Écosse n'est pas vraiment connue pour son climat chaud et je veux tester la température d'abord. L'eau est chaude, un peu comme dans une baignoire. Plus qu'une piscine chauffée. D'accord, ce n'est pas réel, ce n'est pas l'Écosse. C'est le paradis. Je me déshabille et je cours dans l'eau ; le sable est doux sous la plante de mes pieds. Les vagues caressent mon corps nu comme un doux massage. C'est paradisiaque.

Lorsque l'eau m'arrive au cou, je m'arrête, regardant l'eau. Le soleil est haut sur l'horizon, sa lumière se reflète sur les vagues, projetant des motifs lumineux sur ma peau. Dans la vraie vie, je commencerais à m'inquiéter des coups de soleil, mais nous ne sommes pas dans la réalité. C'est un rêve, une belle fantaisie dont je vais profiter pleinement.

C'est un rêve, un beau fantasme dont je vais profiter pleinement.

Lorsque je suis fatiguée de nager à contre-courant, je me retourne sur le dos et me laisse dériver, en regardant le beau ciel bleu, entrecoupé de longs nuages cotonneux.

Cela faisait longtemps que je ne m'étais pas sentie aussi détendue. Le soleil chasse toutes mes idées noires et mes souvenirs, ne laissant que satisfaction et sérénité.

C'est tellement mieux que les *sparklies*. Mes émotions sont réelles, elles ne sont pas artificiellement exacerbées. Je ne suis pas excitée, je suis heureuse.

Je repense à toutes les vacances familiales que nous avons

passées ici, à Barra. Les rires, les promenades sur la plage et la musique live le soir dans l'un des pubs locaux. Pas étonnant que Blaze m'ait envoyée ici. C'est un lieu sûr que j'avais presque oublié. Je ne crois pas qu'il se soit jamais passé quoi que ce soit de négatif pendant les vacances. Pas de disputes, pas de tristesse. J'avais toujours prévu de revenir ici pour écrire ma thèse, en séjournant dans un cottage près de la mer, sans les distractions du quotidien.

Je ris. Ma thèse. Cela n'arrivera pas. Aucune qualification formelle n'est requise pour devenir reine. Les habitants des royaumes ne savent probablement même pas ce qu'est un doctorat. Il n'y a pas d'école là-bas, parce qu'il n'y a pas d'enfants. Il n'y a pas non plus d'universités pour les adultes. Les gardiens sont créés avec toutes les connaissances et compétences dont ils ont besoin, et tout le reste est enseigné lors de séances de formation. Je suppose que, pour tous les gardiens qui veulent en savoir plus, il y a aussi la bibliothèque du palais. C'est étrange, j'ai toujours pensé que l'éducation était essentielle, mais ici, dans les royaumes, ce n'est pas du tout le cas.

— Princesse ?

La voix de Blaze résonne de toutes parts. Je me retourne et je regarde autour de moi, m'assurant qu'aucune licorne ne m'attend sur la plage.

— Oui ?

— J'ai ici quatre gentlemen qui adoreraient se joindre à toi. Dois-je les laisser entrer ?

Un sourire se dessine sur mon visage. Mes gardiens. Blaze leur a-t-il dit où je suis ? Peu importe.

— Bien sûr ! m'écrié-je.

Aussi belle que soit cette plage, elle sera encore mieux si je la partage. Un bruit d'éclaboussure sur ma droite me fait pousser un cri de surprise. Blaze semble avoir jeté mes gardiens à l'eau plutôt que de les laisser apparaître sur la plage.

— Je vais tuer cette licorne ! bafouille Storm, et je me tourne vers lui.

Il porte toujours son uniforme, mais celui-ci est trempé et lui colle au corps. Il est assez grand pour se tenir debout, mais il n'a pas l'air content.

Je l'asperge d'eau.

— Allez, profites-en. Elle est tellement agréable et chaude !

Il lève les yeux vers le ciel et fixe les nuages.

— Il m'a mouillé, se plaint Storm. Pourquoi ne peut-il pas se tenir tranquille ?

J'éclate de rire.

— Voilà qui serait bien ennuyeux. Je ne l'imagine pas suivre les règles.

Storm me regarde en souriant.

— Non, moi non plus.

C'est alors que je remarque que je peux voir son sourire. Sa bouche, son nez, ses yeux. Je peux *le voir* ! Cette aura gênante a disparu, me permettant de le voir comme avant.

Une nouvelle projection d'eau, cette fois derrière moi, et un Arc en colère se met à crier des injures à une certaine licorne. Storm et moi échangeons un regard et éclatons de rire.

Il rit, il rit vraiment. D'accord, c'est vraiment un endroit étrange. Mon Storm, qui rit comme un être humain normal... enfin, comme un gardien.

Frost est le prochain à arriver, mais au lieu de se plaindre, il hurle de joie.

— J'adore ça ! s'écrie-t-il, et commence à nager vers moi. Cet endroit est magnifique !

Arc et Storm regardent autour d'eux comme s'ils n'avaient pas encore remarqué leur environnement.

— Oui, c'est stupéfiant, reconnaît Arc. Mais l'eau est un peu chaude.

— Tu es tellement écossais, remarqué-je en riant. La plupart des gens seraient heureux d'avoir de l'eau de mer chaude plutôt que glacée.

Il hausse les épaules.

— J'ai l'habitude d'avoir de l'air frais autour de mes jambes.

Et autour d'autres choses, j'ai envie de dire, mais son sourire en dit long. Il sait exactement ce que je pense.

— Pourquoi êtes-vous tous dans l'eau ? s'écrie soudain Crispin, et nous nous tournons vers la plage.

Il est debout, les mains dans les poches, encore tout habillé, et comparé aux autres, très sec. Nous ne pouvons pas laisser faire ça. Je l'entoure d'un lasso de vent et l'attire vers la mer. Il hurle en arrivant dans l'eau, et les hommes qui m'entourent rient à gorge déployée.

— Pourquoi as-tu fait ça ? gémit-il lorsqu'il refait surface devant moi. J'étais très heureux au sec.

— Un peu trop heureux, Crisp, s'amuse Frost. Si Wyn ne l'avait pas fait, je m'en serais chargé.

Crispin lui jette un regard noir, puis se tourne vers moi.

— Alors, que faisons-nous ici ? Y a-t-il une raison pour que nous soyons tous debout dans la mer avec nos vêtements ? demande-t-il, et c'est à ce moment qu'il se rend compte que je ne porte rien. Oh.

— L'éléphant dans la pièce…, murmure Arc. Ou la déesse dans l'eau.

Une vague de chaleur se répand dans mon corps. Blaze avait-il prévu cela ? Dans tous les cas, ce cadeau est magnifique. Dans le monde réel, cela fait une éternité que nous n'avons pas eu le temps d'être ensemble, pas tous les quatre. Ici, le temps s'arrête, et nous pouvons en profiter autant que nous le voulons. Nous pouvons nous détendre ensemble.

Les gars se tiennent en cercle autour de moi, m'observent, mais personne ne fait le premier pas.

— Auriez-vous besoin d'instructions ? les taquiné-je.

Pour souligner mon propos, je leur retire leurs vêtements grâce à la magie. Voilà, maintenant, nous sommes tous nus.

— Est-ce que tu viens de nous déshabiller ? s'enquiert Storm d'une voix grave, pleine de promesses de péchés.

Je hausse les épaules.

— Vous étiez trop lents.

— Es-tu pressée ?

Arc arrive derrière moi, et des vaguelettes signalent son approche. Il passe ses bras autour de ma taille et m'attire contre son torse.

— Nous pouvons faire ça vite, si tu veux.

Son sexe est collé contre mon dos, déjà dur et prêt. Est-ce que je veux faire ça vite ? Oui. Je ne suis pas d'humeur à des préliminaires interminables. Je les veux, maintenant. Mais ils pourront prendre leur temps une fois que nous aurons commencé. Je ne veux pas que ce petit coin de paradis disparaisse tout de suite.

CHAPITRE
DIX

J'ai beau protester que je peux marcher toute seule, merci beaucoup, Arc me porte hors de l'eau et m'emmène sur la plage de sable. Le sable a été réchauffé par le soleil et forme un matelas douillet sur lequel il m'allonge à présent.

— Tu es si belle, murmure-t-il en me regardant.

Je suis la seule par terre ; les garçons se tiennent tous au-dessus de moi, me regardent, me contemplent, m'admirent. C'est un peu trop d'attention à mon goût. Je tends les bras comme pour les attirer à mon niveau. Frost sourit et s'agenouille devant moi.

— Écarte les jambes, princesse, murmure-t-il, et je m'exécute sans réfléchir.

Je repose ma tête sur le sable, la respiration déjà difficile, anticipant ce qui va suivre. Je vais savourer ce moment, c'est certain.

Les lèvres de Frost effleurent ma cuisse, sa langue glissant sur ma peau avec une extrême douceur. Ce n'est qu'un contact, à peine plus qu'un souffle, mais il me fait frissonner de plaisir. Il dépose de petits baisers sur ma cuisse en remontant. L'électricité court dans mes veines, indiquant à mon corps de se préparer à l'assaut des émotions et du plaisir à venir.

Frost enroule ses mains autour de mes cuisses et écarte davantage mes jambes. Ses lèvres ont presque atteint mon intimité, il n'est plus qu'à quelques centimètres. Il est déjà sur le point de me faire basculer. Rien qu'un tout petit peu plus… sa bouche est sur moi, sa langue effleure l'endroit le plus sensible de mon corps et j'écarte les bras, agrippant le sable comme pour me maintenir en place. Ses caresses sont à la fois excessives et insuffisantes. Je ferme les yeux, incapable de me concentrer sur autre chose que la sensation de Frost qui suçote mon intimité. Aux endroits où ses mains me touchent, de petits éclairs se plantent dans ma peau, me donnant la chair de poule. Ensuite, ses mains se posent sur mes seins… Non, ce ne sont pas ses mains, elles doivent appartenir à quelqu'un d'autre. Elles me massent doucement la poitrine, puis des doigts font tourner mes mamelons, tandis qu'une autre paire de mains me caresse les cheveux. Des lèvres se posent sur les miennes, douces, mais assez dures pour que j'ouvre la bouche et le laisse entrer. Ma main droite est soulevée du sol et placée autour d'un sexe chaud et dur. Je souris contre le baiser. L'un de mes garçons réclame mon attention. Je commence à le caresser en suivant le rythme que Frost impose avec ses coups de langue experts. Je suis tellement proche, je ne suis plus très loin. J'éprouve tellement de sensations que j'ai du mal à m'y retrouver. Quand les lèvres de Frost disparaissent, j'ai envie de protester, mais je suis occupée à embrasser, et de toute façon, un instant plus tard, quelque chose se presse contre mon intimité. Je sais exactement ce que c'est. Je soulève les hanches pour lui faciliter l'accès, mais il n'en a pas besoin, il glisse déjà en moi. Je gémis contre le baiser, serrant le sexe dans ma main un peu plus fort que je ne le devrais sans doute. Il gémit… C'est Arc, je crois, mais il me tient le poignet et m'oblige à le caresser encore plus vite. Quelqu'un commence à mordiller mes mamelons, une bouche chaude qui les retient prisonniers.

C'est trop. Je crie et cambre le dos, et je jouis brusquement autour de celui qui me prend. Des étincelles très vives, aux couleurs de l'arc-en-ciel, dansent devant mes yeux, prouvant une fois de plus que tout cela n'est pas tout à fait réel. On s'en fiche. Ce que je ressens est très, très réel. J'enroule mes jambes autour des hanches de l'homme qui me pénètre toujours, alors que son membre me comble totalement. Je ne vais pas le laisser partir. Je ne laisserai partir aucun d'entre eux.

— Wyn, pourrais-tu nous retirer les cordes ? demande Crispin d'une voix douloureuse, et je ne peux m'empêcher d'ouvrir les yeux.

Tous les quatre, y compris Storm, que j'ai en moi, ont des cordes enroulées autour de leurs poignets et de leurs torses, ce qui les empêche de bouger. Je ris, incapable de croire que ma magie a pu faire cela.

— S'il te plaît ?

Je m'étouffe, et leurs expressions contrariées me font rire de façon incontrôlable. Je dois dire que les cordes leur vont bien. Mes hommes. À moi. Sans le moindre doute, à moi. Personne d'autre ne pourra les avoir, et ils n'ont pas le droit de s'en aller. Serais-je en train de devenir un peu dominatrice ?

Storm recule, et soudain, je me sens vide.

— Reviens ! lui ordonné-je, mais il se contente de sourire.

— Retire d'abord les cordes.

Je sais qu'ils pourraient le faire eux-mêmes, qu'ils ne sont pas vraiment dépourvus de magie, mais ils veulent que je le fasse.

— Je n'aime pas le chantage, me plains-je. Et je trouve que ça vous va bien.

Crispin gémit.

— Nous avons créé un monstre.

— Je préfère les termes de femme sexuellement libérée, répliqué-je. Mais cela ne signifie pas que vous ne pouvez pas être *libérés*, vous aussi.

J'ordonne à ma magie de retirer les cordes, et elle m'obéit. Dommage. J'aurais presque espéré pouvoir utiliser ma magie rebelle comme excuse.

— Dieu merci ! s'exclame Frost qui frotte ses poignets. C'était inconfortable.

Je souris.

— Pardon ?

Il m'adresse un clin d'œil.

— À mon tour.

Il pousse son frère et prend sa place entre mes jambes.

— Non, faisons les choses différemment, dit-il, et il s'assied par terre. Assieds-toi sur moi, ma chérie.

Je n'ai pas vraiment envie de bouger, mais la vue de son sexe en érection suffit à me pousser à me lever et à m'approcher de lui. Je m'abaisse lentement sur son érection jusqu'à ce que je sois agenouillée sur le sol, mes jambes entourant les hanches de Frost.

Il soulève son bassin et s'enfonce davantage en moi, et une fois encore, je ne peux retenir mon gémissement. Il accélère le rythme, tenant mes seins pour ne pas qu'ils s'agitent de haut en bas. Il est si profondément enfoui en moi, et s'enfonce encore, que j'ai l'impression que nous fusionnons, que nous devenons une seule et même personne.

Une main se pose sur le bas de mon dos, me poussant vers l'avant.

— Prête pour deux d'entre nous ? murmure Arc dans mon oreille.

Son doigt tourne déjà autour de cette entrée à laquelle je ne pense généralement pas beaucoup. Avant de les rencontrer, je n'aurais jamais imaginé avoir un jour des relations sexuelles avec deux hommes en même temps, mais ils ont changé ma façon de voir.

Arc me pénètre doucement avec son doigt, caressant le sexe de Frost à travers mes parois intimes. C'est une sensation à la fois cochonne et incroyable, et il m'en faut plus.

— Plus, gémis-je, et les deux s'esclaffent.

— Tu es si exigeante, marmonne Arc qui retire son doigt pour le remplacer par son sexe.

J'ai légèrement mal quand il me pénètre, mais un peu de magie curative fait disparaître immédiatement cette sensation. Je ne veux que le plaisir, la sensation d'être près d'eux. Ils bougent en moi, trouvant un rythme qui leur convient à tous les deux. Je n'arrive plus à me tenir droite, je me laisse donc aller contre le torse de Frost, mes mamelons durs contre sa peau. Que font les deux autres gardiens ? Pourquoi ne sont-ils pas là ?

Frost lève la tête et capture mes lèvres avec les siennes, et aussitôt, je ne pense plus aux autres. Il est celui qui embrasse le mieux, du moins pour l'instant, puisque je n'ai personne d'autre à qui le comparer. Il a le goût du sel marin et la fraîcheur de la rosée du matin. Nos langues se rencontrent et nous entamons la danse la plus ancienne, que nous avons déjà pratiquée.

Arc agrippe mes hanches et commence à respirer bruyamment en accélérant le rythme. Il est proche, et moi aussi. Frost aussi, je crois. Ne serait-ce pas génial si… J'ai une idée folle. Et avant que je puisse y réfléchir correctement, ma magie prend les choses en main.

Mes quatre hommes gémissent en même temps, et j'émets un son encore plus gémissant alors que l'orgasme nous envahit. Tous les cinq. Nous jouissons ensemble. Je surfe sur la vague, vaguement consciente que les deux hommes sont toujours en train de remuer en moi.

— Bon sang ! C'était quoi, ça ? demande Storm à bout de souffle. Je n'étais pas… Je n'ai pas…

— Wyn ? appelle Crispin, à la fois amusé et choqué. C'était toi ?

Je garde les yeux fermés, feignant l'innocence.

— Je ne suis pas sûr d'avoir aimé… ou peut-être que si…

Apparemment, j'ai réussi à les rendre tous muets. Arc recule et Frost me fait rouler jusqu'à ce que je me retrouve sur le sable. Je gémis de frustration.

— Je te laisse juste un peu d'espace, murmure Frost avant de se lever.

Je me redresse et je regarde trois d'entre eux s'éloigner, toujours nus, la peau rougie, ne laissant que Crispin derrière eux. Je souris, et mon cœur se serre devant leur gentillesse. Il préfère être seul avec moi, sans les autres, et c'est ce qu'ils nous permettent de faire maintenant.

Je tapote le sable à ma gauche, l'invitant à me rejoindre sur le sol chaud. Il s'allonge sur le dos et passe un bras autour de mes épaules, me laissant me servir de lui comme d'un oreiller.

— Est-ce que ça te convient ? me demande-t-il d'une voix douce. Je sais que tu aimes être avec les autres.

Je tourne la tête pour pouvoir le regarder dans les yeux.

— J'aime être avec les autres, et j'aime être avec toi. Ne va pas t'imaginer que tu ne comptes pas autant qu'eux.

Il soupire.

— Je voudrais bien, mais je… ça me rappelle…

Sa voix tremble soudain. Je me tourne sur le côté pour l'étreindre.

— La Morrigan avait l'habitude de… pas seulement moi…

Je passe mes mains dans son dos, essayant de retenir la tristesse qui menace de s'emparer de nous deux.

— Chut, murmuré-je. Je sais. Tu n'as pas besoin de le dire.

— Parfois, les souvenirs me submergent. J'essaie d'être fort, mais ils passent à travers les mailles, et s'infiltrent dans les cicatrices qu'elle m'a laissées.

— Je comprends. J'ai vu ce que tu as traversé, lui dis-je d'un ton apaisant, le serrant plus fort contre moi.

Je veux qu'il se sente en sécurité. Heureux. Je veux chasser les démons de son passé, mais je ne sais pas comment. Nous avons fait des progrès, mais je ne suis pas sûre qu'ils le laisseront tranquille un jour.

— Je ne sais pas comment je peux te mériter, marmonne-t-il. Tu devrais t'enfuir en criant. Tu as déjà trois hommes, et ils sont tous bien plus forts que moi, alors pourquoi aurais-tu besoin de moi ? demande-t-il d'une voix amère.

— Parce que tu es toi, le rassuré-je. Et je crois que tu es le plus fort d'entre eux. Regarde-toi, tout le chemin que tu as parcouru. Tu aurais pu céder et rester l'esclave de la Morrigan, mais non, tu t'es battu, et tu le fais encore, tous les jours, encore maintenant. Tu es la personne la plus forte que je connaisse, Crispy, et je te le répéterai aussi souvent que tu auras besoin de l'entendre.

Je passe une main dans ses cheveux, jouant avec ses mèches dorées.

— Maintenant, détends-toi. Reste avec moi, dans ce moment, avant que nous ne devions repartir. Je veux te regarder, voir tes yeux, ton visage. Faisons comme si tout allait bien.

— Nous allons trouver un moyen de réparer ta vision, me promet-il d'une voix douce. Il doit y avoir un remède quelque part, et je vais le trouver pour toi.

— Peut-être qu'une fois que nous aurons vaincu Angus et la Morrigan, ma mère sera assez forte pour m'aider.

Je sais que c'est un vœu pieux, mais parfois, l'espoir en l'impossible est tout ce qui nous permet de traverser les périodes de ténèbres. Au fond de moi, je crois toujours qu'elle ira mieux, même si mon cerveau me dit le contraire.

— Peut-être.

Il me rend mon étreinte et me laisse me blottir contre son corps nu. Le soleil nous réchauffe la peau, les mouettes crient au loin et je suis si heureuse que mon cœur pourrait éclater.

— Crispin ? chuchoté-je. Merci d'être ici avec moi.

— Quand tu veux. Blaze pourrait peut-être te montrer comment faire. Il nous faut davantage de moments comme celui-ci.

— Je suis d'accord. Maintenant, embrasse-moi.

Il se soulève sur ses coudes et me sourit.

— Avec plaisir.

ONZE

— Vas-tu les épouser ?

Blaze nous accueille avec un large sourire lorsque nous nous réveillons allongés sur le sol devant lui. Mes quatre hommes sont à mes côtés, l'air plutôt endormi.

— Quoi ?

Ai-je manqué une partie de la conversation ? Blaze soupire.

— J'ai cru que tu profiterais de l'occasion pour leur faire ta demande. Un couronnement va si bien avec un mariage.

Je suis sans voix, totalement sans voix. Pour qui se prend cette licorne ? Et moi qui les demande en mariage, plutôt qu'eux… eh bien, je suppose que c'est logique. Je suis sur le point de devenir reine, peut-être que l'étiquette veut que les souverains demandent la main de leurs futurs consorts ? Mais non. J'ai vingt-deux ans, je ne prévois pas de me marier de sitôt. J'ai toujours eu l'intention d'attendre d'avoir au moins vingt-cinq ans, et de penser aux enfants vers la trentaine. J'ai d'abord une vie à vivre.

Aucun d'entre eux ne dit quoi que ce soit. Ils attendent que je réponde. Lâches.

— Je pense qu'un couronnement est suffisant pour l'instant. Je ne crois pas que Tamara puisse supporter le stress lié à l'ajout d'un mariage à la cérémonie.

Voilà, j'ai trouvé une raison pour laquelle c'est une mauvaise idée. Et cela n'a rien à voir avec le fait que je désire en secret que les garçons posent un genou à terre devant moi… non, je suis une femme forte et émancipée. Cette tradition est tellement dépassée… mais je suis aussi une romantique, et ce serait chouette… *Ça suffit, Wyn, pense avec ta tête, pas avec tes ovaires.* Ce n'est pas une période propice au romantisme, c'est la guerre.

— Combien de temps avons-nous disparu ? demandé-je à la licorne.

Il soupire à nouveau.

— Vous n'avez pas disparu, explique-t-il, comme s'il s'adressait à une enfant de trois ans. Vous étiez juste là, et vous sembliez endormis. Mais pour répondre à ta question, ce n'étaient que quelques minutes. Quatre, cinq minutes, peut-être ? Vraiment très peu de temps.

— Bien, j'ai des recherches à faire. Crispin, tu viens avec moi ?

Il acquiesce et se lève, secouant la poussière de ses vêtements. Pour une raison ou une autre, je suis surprise que nous ne soyons plus nus, mais je ne devrais pas l'être. Ce n'était qu'une illusion.

— Nous ferions mieux de retourner à nos tâches, grommelle Storm. J'ai rendez-vous avec Gwain pour parler stratégie. Encore une fois.

Il n'a pas l'air très heureux.

— Et vous deux ? demandé-je aux autres ?

Arc grimace.

— Je dois trouver le traître qui a donné le mot de passe au clone. J'ai quelques soupçons, mais j'ai besoin de preuves avant de pouvoir t'en parler.

— J'ai une séance d'entraînement à diriger, annonce Frost, qui ne semble pas très enthousiaste. Certains gardiens du feu ne sont pas très doués pour se défendre contre l'eau et la glace, alors je vais faire semblant d'être l'un des méchants.

— Tu es l'un des méchants, petit frère, ricane Storm.

— Petit ? rugit Frost qui commence à lancer des boules d'eau sur son frère.

— Laissons-les, dis-je à Crispin en riant, puis je lui prends la main, nous téléportant directement dans la bibliothèque. Je ne voulais pas me mouiller et cela ressemblait au début d'une bataille d'eau.

— Je suis ravi de travailler avec toi aujourd'hui, me dit-il.

J'aimerais pouvoir voir son sourire, mais je ne peux de nouveau que voir leurs auras, pas leurs visages.

— Alors, que faisons-nous ?

Je me tourne et balaie la bibliothèque du regard, en quête d'Algonquin. J'espère que le bibliothécaire me facilitera la tâche en m'indiquant où trouver les livres dont j'ai besoin.

— Je vais lire quelques livres. Tu vas t'assurer que je ne devienne pas folle en en faisant trop, lui expliqué-je en souriant. Je ne suis pas encore assez expérimentée, j'ignore combien de livres il faut pour que ce soit trop pour mon esprit.

— Es-tu sûre que ce soit une bonne idée ? demande-t-il prudemment. Peut-être devrais-tu attendre après la bataille pour faire des expériences ?

Je secoue la tête.

— J'aimerais bien, mais j'ai besoin de ces informations maintenant, et nous n'avons pas le temps de lire tous les livres.

Peut-être que cette nouvelle compétence m'a été donnée pour une raison.

Je déploie ma magie, à la recherche de signes de vie. Deux gardiens que je ne connais pas se trouvent de l'autre côté de la bibliothèque, et je trouve l'aura familière d'Algonquin non loin de la rangée d'étagères près de laquelle nous nous trouvons. Je prends à nouveau la main de Crispin et nous téléporte juste devant le bibliothécaire.

Choqué, il halète, et je regrette presque d'avoir fait ça. C'est un vieil homme, et même si je suis presque sûre que les gardiens ne peuvent pas mourir d'une crise cardiaque, je ne veux pas vérifier cette théorie.

— Votre Majesté, me salue-t-il en inclinant la tête.

— Pas encore, marmonné-je, mais sans le corriger.

Je ferais mieux de m'habituer à ce titre.

— Comment puis-je vous être utile ?

— Auriez-vous des livres sur l'équilibre des saisons ? Certains qui mentionneraient le Printemps et l'Automne en particulier ?

Il réfléchit un instant.

— Pas spécifiquement, mais il existe des chroniques sur la lutte pour le pouvoir entre la reine Beira et Angus au cours des millénaires. Au moins deux d'entre eux font référence à Flora, même si je suis presque sûr qu'aucun ne fait mention de l'Automne. Êtes-vous au courant qu'il n'existe pas de dieu de l'Automne ?

Je hoche la tête.

— Je sais qu'il n'y en avait pas, mais maintenant, oui.

Son aura se modifie, et j'y vois quelque chose qui ressemble à de l'enthousiasme.

— Il y a un nouveau dieu ? Qui l'a créé ?

— C'est une déesse, et elle s'est créée elle-même, lui réponds-je, et j'ignore son halètement confus. C'est la prochaine chose sur laquelle j'ai besoin d'informations. Existe-t-il des livres qui parlent d'une union entre une femme dragon et un dieu ? Ils ont eu une fille nommée Dewi, mais j'ai besoin de savoir qui était son père.

— Pas dans les livres que nous avons sur le royaume des dragons, mais je suppose que si le dieu n'était pas de là-bas... Laissez-moi invoquer quelques livres qui pourraient être pertinents.

Son aura prend soudain une teinte d'un jaune éclatant, et des livres volent vers nous depuis toutes les directions. Voilà une astuce bien pratique. Je pensais qu'il allait consulter des fiches à l'ancienne, mais j'aurais dû me douter qu'il n'en ferait rien. C'est la plus grande bibliothèque du royaume, et elle est magique.

Une vingtaine de livres atterrissent dans les bras d'Algonquin, qui souffle sous l'effet de leur poids et les laisse flotter doucement sur le sol.

— Il me faudra un certain temps pour trouver ce que vous cherchez, Votre Majesté. Quelle est votre priorité, l'équilibre des saisons ou le partenaire du dragon métamorphe ?

— Les deux sujets sont liés, expliqué-je, et je n'ai pas besoin de votre aide pour les lire. Je peux le faire moi-même.

Apparemment, la rumeur de ma nouvelle aptitude ne s'est pas encore répandue. Algonquin sera très jaloux lorsqu'il l'apprendra.

— Je serais heureux de vous aider, Votre Majesté, dit-il, l'air un peu vexé que je ne veuille pas de son aide.

Je ferais mieux de lui confier une tâche pour me rattraper et l'occuper.

— C'est très aimable à vous, Algonquin, mais j'ai une autre tâche à vous confier. Pourriez-vous choisir quelques-uns des meilleurs livres sur les stratégies de combat que vous trouverez et les envoyer à Storm, éventuellement accompagnés d'un résumé écrit ? Surtout ceux qui expliquent les tactiques de guérilla, s'il vous plaît. Cela pourrait nous conférer un nouvel avantage face à nos ennemis. Oh, et bien sûr, il me faudrait tout ce que vous pourrez trouver sur les guerres de dragons.

Il s'incline, visiblement heureux d'avoir une tâche aussi importante.

— Bien sûr, my lady. Je vais m'en occuper immédiatement.

Il s'éloigne, me laissant seule avec un Crispin amusé.

— Es-tu sûre que Storm n'a pas déjà lu tous ces livres ?

Je hausse les épaules.

— Mieux vaut prévenir que guérir. Maintenant, lisons quelques livres. S'il te plaît, fais-moi arrêter quand je deviens folle. Ou non, oublies ça. *Avant* que je devienne folle.

— Je crois que ça suffit, maintenant.

Sa voix douce s'infiltre à peine au milieu des mots qui se bousculent dans mon esprit. Tant de mots ! D'images. De sons. De photos. De gens. De vies. Tant de chaos. Tout est désordonné et me donne mal à la tête.

— Aïe, dis-je d'une voix plaintive. Les livres font mal.

— C'est ta tête ?

J'acquiesce et le regrette aussitôt. Quand je hoche la tête, les mots se heurtent à mon crâne et me font souffrir.

Crispin pose les mains dessus, et de l'air frais commence à circuler en moi. De la magie, pas de l'air. C'est la même chose, n'est-ce pas ?

Il commence à me masser le cuir chevelu ; ses doigts dessinent de petits cercles qui me font du bien. Beaucoup de bien.

— Encore, murmuré-je, et la fraîcheur augmente.

Les mots défilent un peu moins vite, mais ils sont encore trop rapides pour que je puisse les saisir et les comprendre. Je m'appuie contre Crispin, me laissant aller contre son torse. Il continue à me frotter la tête, marmonnant des paroles apaisantes qui sont encore plus compliquées que celles qui tournent dans mon esprit.

— Je pense qu'il serait bon que tu dormes un peu, suggère-t-il.

J'ai du mal à le comprendre. Ses mots me semblent mélangés, même si je sais qu'ils sont dans le bon ordre.

— Repose-toi, laisse ton esprit digérer toutes ces nouvelles connaissances. Veux-tu que je t'aide à dormir ?

— Aïe, répété-je.

C'est un si joli petit mot. Si riche de sens. Il me caresse doucement la joue.

— Dors, Wyn. Fais de beaux rêves.

JE SAUTE du lit à la seconde où je me réveille. Tant de choses à faire, tant de choses à dire aux autres.

— Réunion du conseil, maintenant, dis-je à voix haute avant de vérifier s'il y a bien quelqu'un dans la pièce avec moi.

Heureusement, Frost et Crispin sont là, jouant aux échecs sur une petite table près de la fenêtre.

— Content que tu sois réveillée, ça m'évite d'être battu par Crisp, ricane Frost qui se lève de sa chaise. Qu'est-ce qui se passe ? Pourquoi une réunion du conseil ?

Je lui souris.

— Vous savez que vous avez dit que l'Été serait trahi ? Je pense savoir qui le trahira. Ou, mieux encore, qui l'a déjà trahi.

Je suis si enthousiaste que j'en ai le vertige. Tout s'explique maintenant. Les mots dans ma tête se sont éclaircis et assemblés en un beau motif. Je sais suffisamment de choses pour nous aider. C'est l'occasion que nous attendions.

Je cours vers les garçons et leur touche les épaules avant de nous téléporter dans la salle du conseil. Il n'y a personne, mais cela ne durera pas longtemps.

— Attendez là, leur dis-je, et je laisse ma magie partir en quête des membres du conseil.

J'apparais auprès de chacun d'entre eux et les téléporte dans la salle, ignorant leurs protestations. Le seul que je ne ramène pas immédiatement est Zephyr, qui prend une douche. Je n'avais vraiment pas envie de voir ça, et heureusement, il était dissimulé par un rideau de douche, mais je lui ai dit de se dépêcher. La nouvelle est prête à jaillir de ma bouche et je ne sais pas combien de temps je vais pouvoir attendre.

Tout le monde me regarde avec impatience, du moins c'est ce que me disent leurs auras, mais j'attends que Zephyr fasse son apparition dans la pièce, ses cheveux gris mouillés collant à son front. Il a enfilé sa chemise à l'envers, alors je demande à ma magie de corriger le tir. Je ne pense pas qu'il l'ait remarqué, mais à côté de moi, Tamara glousse de manière presque audible.

Quand il s'assied enfin, je me lève et les regarde tous.

— J'ignore ce que vous savez déjà, alors je vais commencer par le début. Quand nous sommes allés au royaume des dragons, nous avons rencontré leur reine, Dewi, qui a dit qu'elle était une déesse. Jusqu'alors, personne n'avait jamais entendu parler d'une déesse dragon, mais Tamara a découvert que, jusqu'à récemment, Dewi était une demi-déesse qui s'est transformée en déesse, tout comme moi.

J'ignore les froncements de sourcils et les halètements de la salle, et je poursuis.

— D'après le livre que Tamara a lu, les parents de Dewi sont une femme dragon métamorphe, et un dieu. La traduction devait laisser à désirer, parce qu'à en croire plusieurs des livres que j'ai lus, il ne s'agissait pas d'un dieu. Mais d'une déesse, dont nous avons tous entendu parler. Des idées ?

Personne n'ose spéculer.

— Bridget. Avant de rencontrer Angus et de devenir sa reine, elle a eu une relation avec un dragon métamorphe. Il est fait mention d'un enfant, mais celui-ci ne réapparaît que vingt-deux ans plus tard, lorsque la jeune fille revient de la Terre et commence à vivre dans le royaume des dragons. Je ne sais pas si Dewi a été enlevée à sa mère ou si Bridget ne voulait pas avoir affaire à elle, mais je suppose que la première hypothèse est la bonne. Angus et elle essaient d'avoir un enfant depuis que Beira m'a conçue, ou peut-être depuis plus longtemps, alors je doute qu'elle ait simplement abandonné sa petite fille à l'époque.

— Mais, cela signifie que…, commence Gwain, et je le laisse suivre le fil de ses pensées. Notre nouvelle alliée est la fille de notre ennemi ?

— Exactement, dis-je en souriant. Tu m'as dit que Bridget murmure à l'oreille d'Angus, qu'elle influence ses décisions. Supposons qu'elle le fasse pour le pouvoir. Imaginons qu'elle découvre que sa fille est devenue une déesse et qu'elle règne sur le royaume des dragons…

— Elle voudra être du côté de Dewi, conclut Storm à ma place. Je ne crois pas qu'elle irait à l'encontre d'Angus, mais je suis presque certaine qu'elle essaierait de le convaincre de changer de camp. C'est une femme intelligente, et si nous avons de la chance, elle a commencé à douter que la Morrigan les laissera régner sur les royaumes de l'Été et de l'Hiver une fois qu'ils auront gagné la bataille. L'assassinat du mari de Flora nous a surpris, tout comme il a surpris Angus et ses alliés, si l'on en croit nos espions. Ils ont compris que la Morrigan n'est pas digne de confiance, et qu'ils ne sont pas autant en sécurité qu'ils le croyaient.

— Vous croyez vraiment qu'Angus et Bridget pourraient changer de camp ? s'enquiert Zephyr d'un air sceptique. Sans vouloir vous offenser, Votre Altesse, nous nous battons contre eux depuis des siècles, voire des millénaires pour certains d'entre nous. Je doute qu'ils puissent être influencés aussi facilement.

— L'amour d'une mère, remarque Tamara d'une voix douce, mais la salle se calme immédiatement. Il n'y a rien de comparable. Si Bridget croyait sa fille morte, elle ferait n'importe quoi pour la garder en vie maintenant.

Gwain se tourne vers moi.

— Cela vaut la peine d'essayer. Mais attention, si cela ne marche pas, ils sauront que nous avons les dragons de notre côté, et nous perdrons l'effet de surprise.

— Nous avons encore quelques surprises en réserve, dis-je. Je suppose que Storm vous a informés de l'existence des portes temporaires.

Le maître d'armes acquiesce.

— Oui, ce sera un grand avantage tactique. Nous aimerions que vous tentiez d'apprendre à certains de nos mages les plus puissants à le faire. S'ils parviennent à reproduire cette manœuvre, nous ne serons plus aussi dépendants des dragons et de vous.

Je fronce les sourcils en le regardant.

— Vous attendez-vous à ce que je meure avant la bataille ?

La salle devient silencieuse et Gwain s'éclaircit la gorge, gêné.

— Non, bien sûr, Votre Altesse. Je voulais simplement dire que vous pourriez vouloir rester dans la sécurité du palais, et donc…

— Pas question, l'interromps-je. Je me battrai aux côtés de tout le monde. Pendant que ma mère est malade, il semble que je sois la personne la plus puissante de ce royaume. Ce serait un gâchis de me garder derrière les murs de la capitale, vous devez bien le comprendre.

J'espère que cela m'aidera de faire appel à son sens de la logique. C'est un homme très rationnel et calculateur. Je décide de ne pas lui laisser le temps de protester, et me tourne vers Tamara.

— Je suis sûre que vous avez un moyen d'informer accidentellement Bridget au sujet de Dewi ?

La maîtresse-espionne s'esclaffe.

— Bien sûr. Je travaillerai également avec Ada pour m'assurer que les dragons sont prêts, au cas où Bridget essaierait de les contacter.

— Y a-t-il une chance que Dewi change de camp si elle découvre qui est sa mère ? s'enquiert Algonquin de sa vieille voix grinçante.

— Non, pas après ce que la Morrigan a fait au royaume des dragons, dis-je résolument. Elle a virtuellement emprisonné tous les dragons métamorphes dans leur propre tête et a torturé leur reine. Je ne crois pas qu'ils puissent jamais pardonner une telle chose.

Je pense à mes propres raisons de détester la Morrigan. Pourrais-je travailler avec elle si ma mère et mes amis changeaient soudainement de camp ? Non, je ne pourrais pas. Elle a tué ma mère, emprisonné mon père, torturé Crispin. Je ne peux pas l'oublier. Et il n'y aura pas de pardon non plus.

Je repousse la haine qui monte en moi. Ce n'est pas le moment de me montrer émotive.

— Tamara, si Ada et vous souhaitez être conduites au

royaume des dragons, faites-le-moi savoir. Je dois parler à Dewi demain.

Tamara soupire.

— Cela signifie-t-il que je dois reporter l'essayage de votre robe ?

Je fais claquer ma langue en signe de désapprobation.

— Les priorités, Mara, les priorités.

J e vais tuer Tamara.

Ou la couturière.

Ou les deux.

Je sais maintenant pourquoi Tamara n'a cessé de me demander quand j'avais l'intention de partir pour le royaume des dragons. Ce n'était pas pour savoir quand être prête. Non, c'était pour pouvoir dire à la couturière en chef de me piquer et me torturer avant.

Je suis sur un piédestal, en sous-vêtements, et cette femme s'amuse à me toucher dans toutes sortes d'endroits inconfortables. J'ignore pourquoi elle a besoin de me mesurer. Elle possède de la magie, pour l'amour du ciel ! Elle éprouve sans doute un malin plaisir à piquer la future reine avec des épingles. Je dois garder un strict contrôle sur ma magie, sinon j'aurais déjà mis le feu à la couturière.

Ma première loi en tant que reine portera sur le code vestimentaire. Plus précisément, la reine peut porter ce qu'elle veut, y compris des jeans, des t-shirts et des sweats à capuche amples. Et s'il est question d'une robe, il n'est pas nécessaire qu'elle soit ornée de froufrous, d'un décolleté gigantesque ou de trous qui montrent trop de peau. Autant d'éléments que je redoute de voir présents dans ma robe de couronnement.

J'ai demandé à mes hommes s'il existait des règles pour ce genre d'événements, mais ce n'est jamais arrivé dans ce royaume auparavant. Beira a été la première et la seule reine ; il n'y a donc pas eu de couronnement. Voilà sans doute la raison pour laquelle Tamara est à ce point enthousiaste. C'est une occasion unique, même pour les gardiens immortels.

Cependant, il y a eu des couronnements dans d'autres royaumes, et Tamara s'en inspire. Je l'ai même surprise à marmonner des choses au sujet de William et Kate, mais j'espère avoir mal entendu. Les royaumes ne sont sans doute pas au courant de l'existence des monarchies terriennes.

— À quoi va ressembler la robe ? demandé-je à la couturière par simple ennui, mais elle continue à me piquer avec des aiguilles.

Cette femme n'a aucun respect. Je ne sais pas si c'est seulement moi qu'elle traite ainsi, ou si elle est en général une garce sans cœur heureuse de faire souffrir d'autres personnes en leur faisant porter des robes horribles.

Pour passer le temps, je déploie ma magie et la concentre sur les personnes que trouvent dans les pièces et les couloirs à proximité. Tout le monde semble être occupé avec la guerre ou les préparatifs du couronnement. Je commence à comprendre que les deux événements sont tout aussi horribles. Deux personnes, loin en dessous de ma chambre, parlent de la couronne. Je pense que le but est d'utiliser ma petite couronne de princesse actuelle et de la modifier pour qu'elle ressemble à celle de ma mère, mais sans être identique. J'ai refusé de porter la couronne de ma mère ; je la garde précieusement pour elle jusqu'à ce qu'elle aille mieux.

J'évite quelques conversations sur le festin à venir, car cela ne fait que me donner faim, et je m'arrête lorsque je tombe sur un groupe de gardiens masculins qui discutent des déesses qui assisteront au couronnement. Je souris. La vie continue, même en pleine guerre. Je les écoute un peu, mais je m'empresse de continuer lorsqu'ils commencent à parler de moi. Je n'ai pas l'intention de découvrir ce que la population masculine du palais pense de moi, non merci. Soit cela me rendra vaniteuse, soit cela détruira ma confiance en moi.

Une douleur aiguë au niveau du ventre me fait revenir dans la pièce.

— Ça fait mal ! me plains-je, mais la couturière a déjà fait demi-tour, et elle range ses affaires.

Bon débarras. Je devrais peut-être voir si je peux créer mes propres vêtements avec mes nouveaux pouvoirs. Ce serait une belle revanche sur cette folle.

J'attends qu'elle soit partie, puis j'enfile des vêtements amples en lin qui ne sont pas du tout adaptés au climat du royaume de l'Hiver, mais qui seront parfaits pour rendre visite aux dragons. Je me téléporte rapidement dans la cuisine et je prends des roulés à la cannelle avant de me rendre dans mon bureau.

Ada m'y attend déjà, l'air bien plus en forme que la dernière fois que je l'ai vue.

— Comment vas-tu ? lui demandé-je, la saluant chaleureusement tout en effectuant un rapide balayage discret de son corps.

Elle est en bonne santé, même si son poids est encore un peu insuffisant. Avec un peu de chance, ce problème sera bientôt résolu. Son aura est aussi beaucoup plus vive, pleine d'enthousiasme.

— Je vais bien, merci. Tamara m'a raconté pour Dewi et sa mère. Es-tu sûre que c'est la fille de Bridget ?

— Pas à cent pour cent, admets-je, mais pas loin. A-t-elle jamais parlé de ses parents ?

Ada rit.

— Nous n'avons pas vraiment eu le temps de discuter. Je l'ai sauvée, et elle m'a emprisonnée en guise de remerciement. C'est là toute l'étendue de notre relation. Mais j'ai entendu pas mal de ragots pendant que j'étais dans ma cellule. Dewi était une demi-déesse avant que la Morrigan ne prenne le pouvoir, mais après que je l'ai sauvée, quelque chose s'est produit et elle s'est transformée en… plus.

Je me demande si sa transformation s'est produite en même temps que la mienne. Ce serait plutôt intéressant. Deux demi-déesses devenues déesses le même jour. Peut-être y a-t-il un lien ? Jusqu'à présent, ni Algonquin ni personne d'autre n'a été capable de trouver une trace d'un tel événement. Je croyais être unique, mais il s'avère que nous sommes au moins deux anomalies.

— Agierth est tout de même assez sympathique, poursuit Ada. Elle est raisonnable, même si elle est parfois un peu imprudente. Elle sait aussi comment gérer les sautes d'humeur de Dewi. Les gardes ont dit qu'elles étaient graves avant l'emprisonnement, mais qu'elles ont empiré depuis que je l'ai libérée. Ce n'est pas une femme facile à côtoyer.

Elle hausse les épaules.

—J'ignore comment Agierth y arrive.

Ma magie m'avertit que Tamara s'approche du bureau. Je laisse la porte s'ouvrir pour l'accueillir. C'est bien plus rapide que de dire aux gardes de le faire.

— Comment s'est passé l'essayage de votre robe ? me demande-t-elle, un sourire dans la voix.

— Ne commencez pas, sinon je ne pourrai pas être tenue pour responsable de mes actes. Cette femme est le diable.

— Oh, oui ! Elle aime quand vous vous débattez, confirme Tamara en riant. Sommes-nous prêtes pour un voyage au pays des dragons ? Je dois dire que je suis plutôt enthousiaste. Leur royaume est l'un des rares endroits où je ne suis jamais allée.

— C'est magnifique, dit Ada d'un air rêveur. Les couchers de soleil y sont magnifiques, quand leur terre rouge sombre est baignée d'une lumière orange… Ils ont des plantes très étranges, comme de petits arbres avec des pointes.

— Des cactus ? demandé-je, mais elle hausse les épaules.

— Aucune idée. Nous n'en avons pas ici, et je n'ai pas été dotée de ce savoir lors de ma création.

J'invoque un peu de brouillard devant moi, et je lui donne la forme d'un cactus.

— Oh oui, c'est ça ! s'exclame Ada avec un cri de joie. Alors, c'est un cactu ?

— Un cactus, la corrigé-je. Avec un « s ». Mais nous ferions mieux d'y aller, je ne voudrais pas manquer tous les préparatifs de mon couronnement.

Je suis sûre qu'elles entendent le sarcasme dans ma voix. Si je le pouvais, je me cacherais dans le royaume des dragons jusqu'à ce qu'on me mette une couronne sur la tête. Et y retourner ensuite pour éviter la fête qui s'ensuivra.

Je tends un bras, et les deux femmes y posent la main.

— C'est parti ! les avertis-je, et je me téléporte directement dans le palais des dragons.

Un rugissement retentit derrière nous et je parviens de justesse à dresser une barrière avant qu'un flot de glace ne vienne s'y écraser. Quel accueil ! Je n'aurais peut-être pas dû nous transporter dans la salle du trône, mais je manque de temps.

— Stop! C'est la reine de l'Hiver, s'écrie une voix devant nous, mais avec la glace qui entoure ma barrière, je ne vois rien.

Le dragon cesse d'essayer de nous transformer en glaçons vivants et je dégèle ma barrière avec un peu d'air chaud. Je vérifie si la créature a vraiment cessé son attaque avant de l'abaisser lentement.

— Bienvenue, nous accueille Agierth d'un ton joyeux.

Elle frappe dans ses mains et la salle se vide ; tout le monde s'en va, y compris le dragon vert vif qui nous a surprises.

— Essayez peut-être de frapper la prochaine fois que vous nous rendrez visite, suggère le dragon métamorphe avec un rire. Nous, les dragons, nous n'aimons pas être surpris.

Ada s'avance et salue brièvement la femme.

— Je suis heureuse de te revoir, Agierth.

— De même. Je suis ravie de ne plus avoir à te traiter comme une prisonnière. Alors, pourquoi êtes-vous venues ?

— Tamara et Ada vont devoir vous parler de quelque chose d'important. Au fait, je vous présente Tamara, ma maîtresse de maison.

— C'est un plaisir, dit Agierth.

Si elle est surprise que j'aie emmené la femme censée gérer la maisonnée de mon palais, elle n'en montre rien, pas même dans son aura.

— Je vais devoir parler à Dewi. Pourrais-tu m'indiquer où elle se trouve ?

— Ce n'est pas nécessaire, elle est déjà en route, répond Agierth en pointant ses tempes. Nous sommes liées. Cela fonctionne-t-il de la même manière pour les non-dragons ?

— Cela fonctionne ainsi pour moi, répond Ada avant moi. Je peux parler à mes hommes dans ma tête quand j'en ai besoin.

J'aimerais pouvoir faire de même. Avant de devenir une déesse, j'étais capable de voir occasionnellement leurs pensées, mais cette capacité a complètement disparu. Je vois leurs auras et je ressens leur présence à distance, mais je ne peux pas communiquer mentalement avec eux.

— Que faites-vous ici ? retentit la voix tonitruante de Dewi, et nous nous retournons toutes.

Elle est assise sur son trône ; pourtant, je suis sûre qu'il était vide il y a une seconde.

— J'ai besoin de te parler. En privé. Je ne sais pas si je dois me montrer agréable avec elle, étant donné qu'elle a emprisonné Ada et ses maris, et je garde donc un ton neutre.

Elle pose un regard curieux sur moi, et une fois de plus, je suis surprise de voir son visage. Au moins, je sais maintenant pourquoi elle est différente des autres dieux. Elle n'est pas née déesse, elle l'est devenue, tout comme moi. Peut-être devrions-nous devenir amies, ou du moins, échanger des notes. J'ai prévu quelque chose de ce genre.

— Allons dans mes quartiers privés, dit-elle en s'éloignant sans attendre que je la suive.

Tamara m'adresse un signe de tête encourageant, même si je n'en avais pas besoin. Je suis déjà Dewi à la hâte.

Elle nous fait franchir une petite porte derrière le trône, et nous entrons dans un salon confortable. Le mur est recouvert d'épaisses tapisseries qui représentent toutes des dragons. Certaines semblent anciennes et effilochées. Je me demande depuis combien de temps les dragons existent. Ont-ils été créés par des dieux ? Sont-ils nés d'une autre manière ?

Dommage que je n'aie pas plus de temps. J'aimerais passer quelques heures tranquilles dans la bibliothèque de ce palais pour en savoir plus.

Dewi me montre l'un des canapés pour que je m'y asseye. Il

est doux et je m'y enfonce profondément. Ce n'est pas vraiment la meilleure façon de paraître royale.

— Alors, dis-moi, pourquoi es-tu ici ?

Elle s'est assise sur une chaise qui ressemble un peu à un trône. Elle est plus haute que le canapé, ce qui signifie qu'elle me domine. Malin. Cela me donne aussitôt l'impression d'être inférieure, mais je sais que ce n'est pas la réalité. Je suis la future reine de l'Hiver, la fille de la mère des dieux.

— Il y a eu de nouveaux développements qui pourraient bien bouleverser nos chances dans la bataille contre la Morrigan, commencé-je, et son regard se concentre davantage. Elle écoute. Bien. Excuse-moi cette question personnelle, mais sais-tu qui sont tes parents ?

Elle fronce les sourcils.

— Je connaissais mon père, mais en quoi cela te concerne-t-il ?

— Je vais t'expliquer dans un instant. T'a-t-il dit qui était ta mère ?

— Non.

Une expression de douleur se dessine sur son visage. Il semble que ce soit un point sensible.

— J'ai été élevée par mon père dans une communauté de dragons sur Terre. Je devais avoir vingt-cinq ans quand il m'a amenée ici. Jusque-là, je ne savais même pas que j'étais de la famille royale. Le frère de mon père avait été roi et, à sa mort, mon père avait pris la relève. Soudain, j'étais une princesse…

Sa voix s'éteint et je grimace.

— Je connais ce sentiment.

Elle me regarde comme si elle me voyait pour la première fois.

— Oui, sans doute. Nous avons beaucoup en commun. Alors, qui est ma mère ? me demande-t-elle après avoir marqué une pause. Même sur son lit de mort, mon père a refusé de me le dire.

Son lit de mort ? Cela signifie-t-il que les dragons ne sont pas immortels ? C'est une question pour un autre jour.

— Je crois que c'était une déesse. Elle s'est mariée plus tard, mais à l'époque, elle était avec ton père…

— Qui ? insiste Dewi d'un ton sec.

— Bridget. La femme du roi de l'Été.

Elle halète.

— Ce n'est pas possible. Ça ne peut tout simplement pas être vrai.

Je ne dis rien, lui laissant le temps d'assimiler la nouvelle.

— Comment peux-tu savoir une chose pareille ?

— J'ai trouvé plusieurs livres évoquant une union entre un dragon métamorphe et une déesse. L'un d'entre eux mentionne le nom de Bridget. Et comme tu es une demi-déesse, c'est logique. Tu es comme moi, tu es soudainement devenue une déesse.

Dewi sourit.

— Oui, j'ai été un peu choquée. Je ne savais même pas que j'étais une demi-déesse avant. J'ai toujours su que j'étais différente des autres, que j'étais beaucoup plus puissante et que j'avais des compétences qu'ils ne possédaient pas, mais personne ne m'a jamais dit ce que j'étais. Je pensais que c'était parce que je faisais partie de la famille royale.

Elle s'interrompt, puis elle fronce les sourcils.

— Bridget ? Sérieusement ? La femme d'Angus ? Ne sont-ils pas ensemble depuis une éternité ?

— Étrangement, non. Cela ne fait que quelques siècles qu'ils se sont rencontrés. Quel âge as-tu ?

— Cinq cent vingt-deux ans.

Waouh. Je ne me suis toujours pas faite à l'idée que les gens des royaumes sont tous très âgés. Des siècles, des millénaires, il n'y a rien de spécial ici. Pour eux, je dois ressembler à un éphémère.

J'essaie de ne pas montrer ma surprise.

— Cela correspond à ce qui est dit dans les livres. Je crois que Bridget ignore ton existence. Elle a essayé d'avoir un enfant, mais sans succès jusqu'à présent. Si elle apprend pour toi, il est possible qu'elle soit tentée de se ranger de ton côté. De notre côté.

— Mais c'est la femme d'Angus ! Elle est l'ennemie !

— Pour l'instant, confirmé-je en souriant. J'espère que nous pourrons changer cela. Nous allons ébruiter la nouvelle auprès d'elle, en espérant qu'elle mordra à l'hameçon. Elle enverra sans doute des espions dans ton royaume, ou peut-être même essaiera-t-elle de venir en personne. Il va sans dire que tu devrais la laisser faire. Elle pourrait même essayer de le cacher à son mari pour l'instant, au cas où il penserait qu'elle l'a trompé.

— Tu veux que je laisse notre ennemie entrer dans mon royaume ? demande Dewi, incrédule.

— Oui. Et avec un peu de chance, quand elle repartira, elle ne sera plus notre ennemie.

— Crois-tu vraiment qu'elle pourrait convaincre Angus de changer de camp ?

C'est le point critique auquel je n'ai pas de réponse. Tamara le croit, mais je ne connais ni Angus ni Bridget. J'ignore la nature de leur relation.

— Cela vaut la peine d'essayer, affirmé-je. Et puis… n'aimerais-tu pas rencontrer ta mère ?

C'est un coup bas, mais je n'ai pas le temps de la laisser réfléchir pendant des jours. C'est la guerre. Son aura s'éclaircit un peu.

— Bien sûr que si. D'accord. Je vais dire à mes gardes-frontières de laisser entrer les espions qui pourraient se présenter.

— Bien, réponds-je avec un sourire reconnaissant. Tiens-moi au courant si cela se produit, ou si Bridget elle-même se présente. Bien sûr, ce serait le meilleur des scénarios. Mais il y a autre chose. Quelque chose à propos de ta magie.

— Une autre surprise ? s'enquiert-elle avec un faible sourire. Mon père n'était pas réellement mon père ?

Elle a abandonné son apparence brutale et je vois enfin la vraie Dewi en dessous. Je trouve que cela la rend plus humaine… dragon… déesse… enfin, vous voyez ce que je veux dire. Plus accessible, c'est tout.

— T'es-tu déjà demandé pourquoi il n'y a pas de dieu de l'Automne, alors que toutes les autres saisons sont représentées ?

Elle hausse les épaules.

— Ça ne m'a pas traversé l'esprit. Jusqu'à récemment, nous n'avions pas de dieux dans ce royaume.

— Je n'y avais pas pensé non plus, mais maintenant que je suis sur le point d'être couronnée reine de l'Hiver, je suis plus consciente de l'équilibre délicat entre les saisons. Angus et Beira ont été les premiers et ils ont plus ou moins maintenu l'équilibre depuis lors. Bien sûr, le dieu de l'Été a tenté à plusieurs reprises de prendre le dessus et de détruire l'équilibre, mais je pense que c'est simplement parce qu'il est avide de pouvoir et non parce qu'il veut réellement perturber la stabilité qui maintient toute la magie en vie.

— Attends ! L'équilibre entre l'Été et l'Hiver maintient la magie en vie ?

— Oui. Il n'y aurait pas de magie sans lui. Et si ma mère ne se trompe pas, il n'y aurait pas beaucoup de vie non plus. Nous devons impérativement maintenir l'équilibre à tout prix.

— Alors, comment peut-il y avoir un équilibre sans l'Automne ?

Je souris.

— Je pense que nous avons déjà une déesse de l'Automne ; simplement, elle ne le sait pas encore.

Je lui laisse le temps d'intégrer mes paroles.

— Moi ?

— Je crois que oui. Cependant, il existe un moyen pour que nous en soyons sûres. Laisse-moi me connecter à ta magie. Je ne suis pas encore tout à fait l'Hiver, mais je le serai demain lors de mon couronnement. Mais je le sens déjà, et j'ai exploré l'équilibre hier. J'ai appris beaucoup de choses à ce sujet et cela m'a donné des indications sur la manière dont nous pouvons le sauver.

— Le sauver ? Tu en parles comme s'il était vivant.

Je hausse les épaules.

— D'une certaine manière, c'est ainsi qu'on le ressent. C'est difficile à expliquer. C'est comme une énergie qui nous relie tous, mais qui est canalisée par les saisons. Sans les quatre dieux, il ne peut atteindre les royaumes. Je l'appelle simplement l'équilibre, mais il a peut-être un autre nom.

— Et si je ne suis pas l'Automne ?

Cette question me fait un peu peur. Je suis convaincue qu'elle l'est, mais si ce n'est pas le cas, alors qu'en est-il de mes autres théories et de mes plans ?

Je souris courageusement.

— Découvrons-le.

Elle respire bruyamment.

— D'accord. Que dois-je faire ?

— Déploie ta magie jusqu'à ce qu'elle atteigne la mienne.

Je fais de même, étendant ma magie comme ballon, j'en sature l'air. J'espère que quand elle rencontrera celle de Dewi, il y aura une sorte de réaction. Je croise les doigts. Ce n'est pas comme si je savais vraiment ce que je fais. J'ai plusieurs siècles de moins que Dewi, et je ne sais pas si ma magie est plus forte ou plus faible que la sienne. C'est une situation étrange.

Je sens sa magie qui se rapproche, et je me prépare au contact. Quand elles se touchent, des étincelles jaillissent. Non, pas des étincelles. Des flocons ! Il neige !

Sa magie est chaleureuse et intense, mais pas sévère comme j'aurais pu imaginer celle de l'Été. Elle est chaude et froide à la fois, comme les extrêmes d'une journée d'automne. L'odeur des pommes et des aiguilles de pin me frappe le nez. Oui, elle est vraiment l'Automne, cela ne fait aucun doute. C'est ce que je ressens avec elle, comme l'essence de cette saison.

— Tu es l'Hiver, murmure-t-elle.

— Tu es l'Automne, réponds-je. Regarde-nous ! Deux saisons dans une même pièce.

— Soudain, je me sens plus forte. Comme si ma magie avait été réprimée avant, et qu'elle était enfin libérée.

— Moi aussi, admets-je.

— Crois-tu qu'il en serait de même pour Angus, et qui que soit le dieu du Printemps ?

— Je crois que oui. Il y a juste un petit problème… la déesse du Printemps, Flora, a été enlevée par la Morrigan.

Dewi rompt notre connexion et me fixe du regard.

— Nous devons la ramener.

Sa voix est pleine de passion et de conviction. Ce qui vient de se passer avec notre magie l'a changée. Je crois que j'ai toujours su que j'appartenais au royaume de l'Hiver, mais pour elle, c'est tout nouveau.

— Crois-moi, c'est sur ma liste. Pour l'instant, nous ne pouvons pas le faire sans perturber l'équilibre. Toi et moi sommes d'un côté, et Angus et Flora sont de l'autre, même si elle n'y est pas de son plein gré. Ce que nous devons faire, c'est les ramener tous les deux de notre côté en même temps. Si tu peux convaincre Bridget de se battre à nos côtés, et qu'elle amène son mari avec elle, alors nous pourrons libérer Flora ensemble. Imagine que nous soyons tous les quatre face à la Morrigan. Nous pourrions l'arrêter, j'en suis sûre.

Elle fronce les sourcils.

— Tu ne crois pas que nous puissions la battre pour le moment ?

— Je n'ai pas dit ça. Mais ce sera plus difficile. Les pertes seront plus importantes. Nous ignorons combien de démons la Morrigan commande. Angus est prévisible, contrairement à elle.

— Non, elle ne l'est pas, c'est sûr, marmonne Dewi. Nous ne savions pas qu'elle s'intéresserait à notre royaume. Nous avons vécu reclus si longtemps que nous n'avons pas imaginé que quelqu'un voudrait un jour nous attaquer. Elle a réussi à prendre le contrôle de mon royaume sans verser une seule goutte de sang.

Elle s'interrompt et frissonne.

— Bien sûr, elle en a fait couler beaucoup peu de temps après. Nous devons l'arrêter.

— Ne t'inquiète pas, elle sera arrêtée. Elle a tué ma mère, et je ne la laisserai pas s'en tirer comme ça.

CHAPITRE

TREIZE

Lentement, les pièces se mettent en place, prêtes pour les derniers déplacements. Dewi, qui attend l'arrivée de sa mère. Flora, emprisonnée quelque part, qui attend notre aide. Angus, qui attend le signal de la Morrigan pour attaquer. Et moi, j'attends mon couronnement.

Tout a été préparé. Le festin, la robe, la couronne. La seule chose qui n'est pas prête, c'est moi.

— C'est une énorme erreur, murmuré-je contre la poitrine d'Arc.

Cela fait dix minutes qu'il me tient dans ses bras, pour essayer de me calmer.

— Je ne peux pas être reine.

— Tu peux, répète-t-il pour la énième fois. Tu es née pour être reine. En douter fait partie de ta force.

J'éclate d'un rire amer.

— Je n'ai pas l'impression que c'est une force.

— Ça l'est. Tu crois que tu n'es pas digne, et c'est la bonne façon de penser.

— Ça n'a aucun sens.

D'une main, il me frotte le dos, et de l'autre, il me caresse les cheveux.

— Crois en toi, Wyn. Tout ira bien.

J'aimerais avoir la même confiance en moi que lui. Je ne suis pas faite pour être reine, mais je semble être la seule personne à le voir. Je ne suis pas assez forte, pas assez intelligente et certainement pas assez impitoyable. Je fais semblant de franchir tous les obstacles qui se dressent sur ma route, mais un jour, les gens verront clair dans mon jeu. Ils verront que je suis faible et ils regretteront de m'avoir couronnée.

La porte s'ouvre dans mon dos, mais je refuse de regarder. Je ne veux pas que ce moment se termine. Arc est chaleureux et réconfortant, et même s'il n'a pas réussi à complètement m'apaiser, c'est mieux que ce que je serais sans lui.

— Ils sont prêts, annonce Storm. Tout le monde est rassemblé.

Je frémis. Non, ça ne peut pas arriver. C'est un cauchemar.

— Même Beira est là.

Cela m'incite à jeter un coup d'œil à Arc.

— Beira ?

— Elle sera là pour le couronnement. Elle croit en toi et te soutient, Wyn.

Je me dégage de l'étreinte d'Arc et le regrette immédiatement, car sa chaleur disparaît de ma peau.

— Ma mère ne devrait pas sortir du lit. Elle est trop faible.

— Alors, nous ferions mieux d'en finir rapidement pour qu'elle puisse retourner s'allonger, me dit Crispin qui a rejoint les autres gardiens. Mais ne t'inquiète pas, elle se sent beaucoup mieux aujourd'hui. C'est peut-être parce que le fardeau qui pesait sur elle est en train de s'alléger. Maintenant que tu es sur le point de devenir reine, elle peut abandonner certaines de ses responsabilités et se concentrer sur son rétablissement.

Je n'y avais pas pensé, mais c'est logique. Même si j'ai assumé la plupart de ses tâches, Beira a toujours été consultée sur les questions d'État. Bon sang ! Je suis moi-même venue lui demander de l'aide et des conseils presque tous les jours. Je ne crois pas que j'arrêterai de le faire, mais elle subira quand même beaucoup moins de pression.

Je lisse ma robe et redresse mon dos. Couronnement, me voilà.

Il y a bien trop de monde dans la grande salle pour qu'on puisse compter les gens. Les moindres recoins sont occupés par des visiteurs, tous impatients d'apercevoir leur nouvelle reine. Beira est assise au premier rang dans un fauteuil recouvert de couvertures. Elle est pâle, mais Crispin avait raison, elle a l'air beaucoup mieux que ces derniers jours. Le trône sur l'estrade est vide et je ne vais pas m'y asseoir tout de suite. Tamara a passé en revue la cérémonie à plusieurs reprises pour s'assurer que je ne me ridiculiserai pas devant la foule.

J'ai refusé de remonter l'allée : je suis donc entrée dans la salle par une porte proche de l'estrade. J'ai du mal à marcher avec cette robe, et je m'agrippe à ses jupes, priant désespérément pour ne pas trébucher. Ce ne serait pas un bon début de règne, quoiqu'approprié. Je vais faire un faux pas après l'autre.

Je prends place devant le trône. *Ne t'assieds pas, Wyn, ne t'assieds pas.* Et j'attends que Thor et Lucifer me rejoignent. Il nous a fallu un certain temps pour décider qui devait me couronner, mais finalement, nous avons opté pour ces deux-là. Ce sont tous deux des dieux très puissants, et de bons amis de ma mère. J'espère qu'ils seront présents pour moi à l'avenir, quand j'aurai besoin de conseils et de soutien moral. Je réprime un rire. Avoir Lucifer pour soutien moral, évidemment. Ce n'est pas tout à fait ainsi que le verraient les terriens. Il est vraiment très gentil, surtout lorsqu'il prend des épouses humaines et leur reste fidèle jusqu'à leur mort, ne les quittant jamais même lorsqu'elles deviennent vieilles.

Loki est également présent, mais il n'est pas aussi fort que son frère et observe donc depuis le public.

Les deux dieux s'inclinent devant moi, puis prennent place à mes côtés. Je voulais que mes gardiens soient présents, eux aussi, mais Tamara s'y est opposée. S'ils étaient mes maris, cela aurait pu être possible, mais comme ce n'est pas le cas, je dois faire passer le message que c'est moi qui gouverne et que je ne suis influencée par personne. Je suis la reine, et si j'ai le droit d'avoir des partenaires romantiques, on attend d'eux qu'ils ne s'impliquent pas dans la politique. J'espère que tout le monde ignorera le fait que Storm fait partie du conseil.

Même Dewi est venue, ainsi que plusieurs dragons métamorphes. Personne ne sait encore qu'elle est la déesse de l'Automne ; elle n'est donc pas au premier rang avec les autres dieux importants. Nous gardons le secret pour l'instant, pour ne pas dévoiler notre jeu à Angus. Il ne fait aucun doute qu'il a des espions à la cour.

Gwain apparaît à l'autre bout de la grande salle, portant une couronne sur un coussin bleu foncé. Il est vêtu de son uniforme le plus officiel, des dizaines de médailles flamboyant sur sa poitrine. Il est impressionnant malgré son âge. Derrière lui se trouvent les autres membres du conseil et quelques représentants de l'armée. La plupart d'entre eux me semblent familiers, mais je ne serais probablement pas capable de les nommer tous. Ils sont là seulement pour faire joli, selon Tamara, qui s'est léché les lèvres en le disant. Elle semble avoir un faible pour les hommes en uniforme… et qui pourrait le lui reprocher ? Je jette un œil à mes gardiens, qui sont tous vêtus de l'uniforme de la garde royale. Si je le pouvais, je nous téléporterais tous dans mon bureau et je leur arracherais leurs vêtements.

Malheureusement, je ne crois pas que cela serait bien perçu par tous ces dignitaires. Ou bien par Tamara, qui m'observe comme si elle savait exactement ce que je pense. Elle est assise à côté de Frost, et porte une robe qui semble bien trop moderne pour quelqu'un de son âge. Qui suis-je pour juger ?

Gwain s'avance lentement vers moi. Bien trop lentement, en fait, et je ne crois pas pouvoir supporter cette tension plus longtemps. Un orchestre joue en arrière-plan, mais je n'arrive pas à me concentrer sur la musique. Ce pourrait être du hard rock comme du Beethoven, pour ce que j'en sais. Mes yeux sont rivés sur la couronne. Elle est magnifique et très travaillée, mais elle n'est pas aussi lourde ni aussi grande que celle de ma mère. C'est un peu un mélange entre ma couronne de princesse actuelle, qui n'est guère plus qu'un diadème, et la couronne de la reine de l'Hiver, qui ressemble à des rangées de stalactites renversées. La personne qui l'a conçue mérite mes remerciements. Elle me donne l'impression que je pourrais la porter plusieurs heures d'affilée, ce que je vais devoir faire.

— Ça va aller, murmure Thor à ma seule intention. Après la cérémonie, tu pourras faire la fête et te détendre.

Je ne lui dis pas que ce n'est pas mon intention, parce que Gwain a enfin atteint l'estrade. Il s'arrête devant nous et s'incline : la couronne vacillant précairement sur son coussin.

— Votre Altesse, dit-il à voix basse, avant de se tourner vers la foule rassemblée.

Comme un seul homme, ils se lèvent tous. Parfait, voilà qui ne fait qu'accroître la pression. Il s'éclaircit la gorge avant d'élever la voix pour que tout le monde puisse l'entendre. Je suis sûre qu'il faut une certaine dose de magie pour garantir que même ceux qui sont au fond de la salle soient au courant de ce qui se passe.

— Nous sommes réunis pour assister au couronnement de Wynter, fille de Beira. Elle a prouvé qu'elle était digne de diriger notre royaume, dans les bons comme dans les mauvais moments.

Il se retourne à nouveau pour me regarder.

— Votre Majesté est-elle prête à prêter serment ?

Je réponds haut et fort :

— Je le suis.

Une magie brillante et dorée prend vie, un cercle enflammé nous entoure, Gwain, les deux dieux qui me flanquent et moi-même. Elle évaluera la véracité de mes propos. J'ai du mal à déglutir. On me juge déjà, alors que je n'ai même pas encore été couronnée.

— Promettez-vous et jurez-vous solennellement de gouverner ce royaume selon nos lois et nos coutumes ?

— Je promets solennellement de le faire, réponds-je, comme je m'y suis entraînée maintes et maintes fois.

— Ferez-vous en sorte que le droit et la justice, dans la miséricorde, soient exécutés dans tous vos jugements ?

Le langage trop formel me fait presque grincer des dents. Il est directement tiré du serment de couronnement britannique. Je pense qu'ils voulaient que cela me semble familier, mais cela n'aide pas.

— Je le ferai.

— Préserverez-vous la magie qui soutient ce royaume et notre peuple, et vous efforcerez-vous de l'utiliser uniquement pour le bien ?

— Je le ferai.

La magie qui nous entoure devient encore plus lumineuse,

avant d'exploser en un millier d'étoiles minuscules. Elles s'envolent vers le plafond et y restent, comme un ciel nocturne au-dessus de nous. C'est magnifique, magique et entièrement chorégraphié par Tamara. Je parie qu'elle est très fière d'elle à cet instant.

— Alors, je vais remettre cette couronne à mes supérieurs, pour que vous puissiez être couronnée.

Gwain tend le coussin à Lucifer et se retire, marchant à reculons pendant quelques pas avant de s'incliner et de se retourner. Enfin, je prends place sur mon trône. Le siège est court, m'obligeant à m'asseoir bien droit. J'imagine qu'il ne doit pas être très confortable quand on y reste assis trop longtemps. Pas étonnant que ma mère se montre toujours froide et impatiente lorsqu'elle est ici.

Les deux dieux prennent place derrière moi. Le grand moment est arrivé. Je vais être reine. Je réprime l'envie de m'enfuir et de voler très, très loin. Il n'y a plus de retour en arrière possible. Ce royaume a besoin de moi.

Je sens que Thor se rapproche, et je sais qu'il est sur le point de placer la couronne au-dessus de ma tête.

— Que cette couronne soit le symbole de notre confiance en vous, notre reine, dit-il de sa voix puissante. Que votre règne soit long et prospère.

Lentement, il abaisse la couronne jusqu'à ce qu'elle touche ma tête. Je frémis devant la gravité de ce moment. Quand il retire ses mains et que la couronne se pose sur ma tête, appuyant sur ma peau, je respire profondément. Je suis reine.

Reine. Monarque. Dirigeante.

Je suis la reine d'un royaume entier. Comment en suis-je arrivée là ?

Des applaudissements et des cris retentissent, mais il se passe quelque chose. Une noirceur envahit ma vision et je me laisse retomber sur mon siège alors qu'on m'arrache à mon corps pour me plonger dans le néant.

— Wyn ?

Une voix familière m'appelle, mais il me faut un moment pour la situer.

— Flora ?

J'ouvre les yeux, mais il n'y a rien d'autre que l'obscurité autour de moi.

— Où es-tu ? lui demandé-je, tendant les bras au cas où elle se trouverait quelque part dans la pièce avec moi.

— Je n'en suis pas sûre. Tout est sombre.

— Hé ! appelle une nouvelle voix.

Il semblerait qu'Automne nous ait rejointes

— Dewi ? appelé-je à mon tour. Est-ce que c'est toi ?

— Oui. Quelqu'un voudrait-il m'expliquer ce qui se passe ? J'étais en train de regarder ton couronnement, et tout à coup, je me retrouve ici.

— Je n'en sais rien du tout. Flora ?

— Pas la moindre idée non plus, répond la déesse du Printemps. Mais je préfère être ici que dans la cellule où ils me détiennent.

— T'ont-ils fait du mal ? l'interrogé-je, un peu gênée de ne pas avoir pensé à le faire tout de suite. Est-ce la Morrigan qui t'a enlevée ?

— Je vais bien. Rien qui ne puisse être arrangé, répond-elle, l'air résigné. Et oui, c'est elle. Elle m'a piégée. J'aurais dû m'en douter, j'étais au courant pour les sosies de Crispin, mais j'ai été stupide et… maintenant, elle me détient. Mais je ne l'ai jamais vue, et pour être honnête, je m'en réjouis.

— Nous allons te sortir de là, lui promets-je. Elle va le regretter.

— Nous allons lui faire regretter beaucoup de choses, ajoute

Dewi d'un air sombre. Elle paiera pour ce qu'elle a fait à nos royaumes.

— Mon peuple est-il en sécurité ? s'enquiert Flora.

— Oui. Personne n'a tenté de l'envahir, la rassuré-je. J'ai envoyé des troupes supplémentaires au cas où.

— Merci, murmure-t-elle, et je me sens mal qu'elle me remercie.

J'aurais dû mieux la protéger.

Soudain, quelqu'un s'éclaircit la gorge. Un homme.

— Aussi touchant cela soit-il, quelqu'un pourrait-il expliquer ce qui se passe ?

— Angus ! s'écrie Flora, confirmant mes soupçons. Comment se fait-il que tu sois ici ?

— J'en suis au même point que vous trois. J'ignore ce qui s'est passé. Ravi de vous rencontrer enfin, princesse de l'Hiver.

Je ricane.

— Je ne peux pas dire que c'est réciproque. Et c'est reine, pour toi. Je viens d'être couronnée.

— Ah, oui, répond-il en riant. J'allais envoyer des fleurs, puis j'ai changé d'avis. J'en enverrai pour tes funérailles, à la place.

Il se montre carrément impoli.

— Et qui est l'autre femme ? s'enquiert-il, mais je l'interromps.

— Cela ne te regarde pas.

— Alors, je ferais mieux d'y aller, si vous ne répondez pas à mes questions, annonce-t-il.

J'attends qu'il disparaisse, mais quelques secondes plus tard, il proteste.

— Laisse-moi partir.

— Je ne te retiens pas, expliqué-je calmement. Mais je crois savoir pourquoi nous sommes ici. Pour parler. Pour discuter de ce qui se passe.

— Il n'y a rien à discuter ! s'écrie Dewi. Je ne vais pas parler à un allié du monstre qui a essayé de supprimer mon peuple.

— De quoi parles-tu ? grogne Angus. Qui es-tu ?

— Je suis la reine Dewi, la souveraine du royaume des dragons, annonce-t-elle d'un ton hautain et je réprime un soupir.

Cela devait rester un secret pour l'instant.

— Les dragons ? Je n'ai rien à voir avec les dragons, répond le roi de l'Été, et sa confusion s'entend dans sa voix. Je n'ai pas attaqué ton royaume !

— Non, mais votre petite amie l'a fait ! s'écrie Dewi, hystérique.

— Ma… petite amie ?

Je me mets à rire.

— Elle ne t'a rien dit, n'est-ce pas ? Oh, elle est bien trop intelligente pour révéler ses secrets à ses alliés. Surtout pas à ceux qui sont assez stupides pour lui faire confiance.

— Je suis sûr qu'elle a ses raisons, bafouille Angus. Peut-être qu'elle n'a pas encore eu le temps de me le dire.

— Elle a pris le contrôle de mon royaume il y a trois mois. Je dirais qu'elle a largement eu assez de temps pour te le faire savoir.

La voix de Dewi dégouline de venin, mais aussi d'un soupçon de satisfaction. Nous avons un avantage maintenant. Nous avons semé le doute dans l'esprit du roi de l'Été, et même si cette rencontre est tout à fait inattendue, c'est exactement ce dont nous avions besoin. Nous avions prévu que Bridget soit le levier capable de diviser Angus et la Morrigan, mais maintenant nous pouvons le faire sur deux fronts.

— Parfois, un vrai leader doit garder des secrets, même vis-à-vis de ses alliés, remarque Angus, mais il n'a pas l'air aussi confiant et effronté qu'avant.

— Peut-être devrions-nous lui demander quels sont les autres secrets qu'elle lui cache ? suggéré-je d'un ton léger. Il doit y en avoir quelques-uns.

— Savais-tu qu'elle allait tuer mon mari ? demande soudain Flora, nous rappelant qu'elle est également présente parmi nous. Nous étions tes alliés, et pourtant, tu nous as rejetés sans hésiter. C'est ce qu'elle t'apprend ? À rompre toutes tes alliances et trahir les personnes qui te faisaient confiance ?

Angus ne répond pas. Je suis prête à parier qu'il n'était pas au courant de l'assassinat avant qu'il ait lieu. Encore une graine plantée.

— Il n'est pas trop tard pour que tu lui tournes le dos, insisté-je. Elle ne te parle pas de ses projets, alors qu'est-ce qui pourrait l'empêcher de te trahir ? Que t'a-t-elle promis en échange de ton aide ? Ou bien est-ce qu'elle t'aide, qu'elle se sert de toi ?

— Nous sommes des partenaires égaux, aboie Angus.

Il devient émotif. Bien. Maintenant, il faut simplement qu'il y réfléchisse, et que le doute s'installe, avec un peu de chance. Si nous parvenons à le faire changer d'allégeance, alors la bataille sera à moitié gagnée. Ou bien suis-je trop optimiste et pleine d'espoir ? Ce n'est pas comme si je connaissais Angus comme les autres. Je suis novice dans ce jeu de trônes et de guerre, et je n'ai pas d'expérience sur laquelle m'appuyer. J'espère qu'au moins cela me rendra imprévisible.

— Je ne sais toujours pas pourquoi nous sommes ici, se plaint Dewi. J'ai mieux à faire que de parler avec lui.

— Crois-moi, c'est réciproque, marmonne Angus.

Même si je suis très heureuse d'avoir échappé un peu à mon sacre, cela devient étrange. L'équilibre est-il à l'origine de cette rencontre ? Sommes-nous censés faire quelque chose ici ? J'aurais aimé que ce travail soit accompagné d'un mode d'emploi. « Au cas où vous seriez enlevée et placée dans une pièce sombre avec des amis et des ennemis, passez à l'étape 4B. »

Je ne sais toujours pas où nous sommes. Suis-je toujours assise dans la grande salle et est-ce seulement mon esprit qui a été transporté ici, ou ai-je complètement disparu du couronnement ? Cela ne manquerait pas d'alimenter les ragots. La reine fraîchement couronnée disparaît aussitôt que la couronne touche sa tête. Les gens en parleraient pendant des années.

— Quelqu'un d'autre se sent-il un peu étourdi ? demande soudain Flora, mais avant que je puisse répondre que je commence effectivement à avoir des vertiges, l'obscurité disparaît, me permettant enfin de voir où je suis.

Waouh. Je me trouve dans un paysage hivernal avec une forêt à l'horizon, quelques arbustes couverts de neige autour de moi. La neige tombe en flocons épais tout autour de moi, mais c'est… attendez. Elle ne tombe pas. Elle monte. Elle quitte le sol et s'élève vers les nuages. C'est exactement le contraire de ce qui devrait se passer. Et pourquoi suis-je en mesure de voir l'horizon avec autant de neige ? Quelque chose ne tourne pas rond dans cet endroit.

— Il y a quelqu'un ? appelé-je, m'attendant à ce que les autres dieux soient à proximité.

Nous étions en train de parler, ils ne doivent pas être loin.

— Les feuilles passent du brun au vert ! s'exclame Dewi.

On dirait qu'elle est juste à côté de moi, mais il n'y a personne. Elle doit être dans ma tête. Cela signifie-t-il que nous n'étions pas vraiment dans la même pièce sombre ? Tout cela n'était-il qu'une illusion ?

— Les perce-neige se transforment en neige, annonce Flora, qui semble au bord des larmes.

Mais là encore, je l'entends aussi clairement que si elle se tenait à quelques pas de moi.

— Et toi, Angus ? crié-je avant de me rappeler que ce n'est

sans doute pas nécessaire. Je suppose que tu es dans un monde d'été ?

— Tout brûle, murmure-t-il, mais je l'entends clairement. L'herbe brûle, les arbres brûlent. Il fait trop chaud, le soleil tue tout.

— Est-ce que c'est ce qui pourrait se produire si l'équilibre est perturbé ? demandé-je dans le paysage vide. Le monde pourrait-il devenir ainsi ?

La plus grande partie de la neige autour de moi s'est élevée dans les airs, et les flocons continuent de s'élever. Que se passera-t-il ensuite ? Y aura-t-il encore de la neige ? Tout va-t-il se décongeler ?

— Cet équilibre est un mythe sur lequel ta mère aime s'appuyer chaque fois que je fais quelque chose qu'elle n'apprécie pas, réplique Angus avec colère.

C'est drôle de l'entendre décrire comme « quelque chose qu'elle n'apprécie pas » le fait d'essayer d'envahir son royaume. J'aurais des mots bien plus forts pour ça, mais je doute que le dieu de l'Été ait envie de les entendre. Dewi pousse un cri d'alarme et je me tourne dans cette direction, mais bien sûr, il n'y a rien à voir. Nous sommes à la fois séparés et ensemble. Encore une métaphore ?

— C'est... tout est en train de se changer en boue ! hurle-t-elle. Les feuilles tombent, mais avant de toucher le sol, elles se changent en boue. Les arbres fondent... sortez-moi de là !

Flora se met à crier à son tour, et Angus commence à jurer.

— Angus ! m'écrié-je. Vois-tu ce qui va se passer si nous ne maintenons pas l'équilibre ? C'est un avertissement, une vision de ce qui va se produire. Nous devons travailler ensemble pour empêcher cela, s'il te plaît !

Il ne répond pas et se contente de jurer encore. Que se passe-t-il où il se trouve ?

— Je suis prête à discuter et négocier, insisté-je. Si nous unissons nos forces, nous pourrons battre la Morrigan et réparer ce qui a été cassé. Je t'en prie, Angus, écoute la raison !

Un bruit retentit derrière moi, un grondement, et je me retourne. Deux tornades foncent vers moi, l'une pleine de neige et l'autre de flammes pures et brûlantes. Elles détruisent tout sur leur passage.

Je dois sortir d'ici.

Et je le fais. Dès que j'y pense, je suis de retour dans la grande salle, et la couronne pèse lourdement sur ma tête. Personne ne me regarde plus qu'avant. Apparemment, tout était dans mon esprit.

En quelque sorte. Dewi croise mon regard et hoche légèrement la tête. Oui, elle l'a vu aussi.

C'était très, très réel.

CHAPITRE
QUATORZE

Dès que tout le monde a commencé à se mélanger, car les bancs ont disparu comme par magie pour laisser place à la danse, je me tourne vers mes hommes et leur raconte tout ce qui vient de m'arriver.

— Crois-tu qu'Angus changera d'avis ? demande Arc, manifestement très dubitatif face à cette perspective.

— Peut-être pas à cause de cette vision, mais si l'on ajoute à ça le désir de sa femme de retrouver sa fille… cela pourrait suffire à le faire changer d'avis. Je n'essaie pas d'en faire mon meilleur ami, juste de l'empêcher d'être mon ennemi.

— Espérons que nous aurons bientôt de bonnes nouvelles du royaume des dragons, dit Storm. Je crois que ta mère aimerait te parler.

Je me retourne et suis son regard. Beira est toujours assise sur sa chaise, mais elle semble plus pâle qu'au début de la cérémonie. Il est temps de la remettre au lit.

— Je m'occupe d'elle. Les garçons, ça vous embête de vous

mêler un peu aux gens ? J'aimerais bien savoir ce que les autres dieux pensent du fait que je sois reine maintenant.

Crispin soupire.

— Du moment que je n'ai pas besoin de flirter. Je déteste ça.

Je fronce les sourcils.

— J'ai du mal à le croire.

Il rit.

— Flirter avec toi, c'est incroyable. Flirter avec d'autres femmes, c'est ennuyeux. Elles sont toutes troublées, elles rougissent et elles gloussent. Je ne supporte pas les gloussements.

Je souris et les laisse pour rejoindre ma mère.

— Beira.

J'incline la tête pour lui montrer que je la considère toujours comme bien supérieure à moi, en dépit du fait que je suis la reine maintenant. Elle n'a jamais officiellement abdiqué, mais jusqu'à présent, personne n'a remis cela en question. Peut-être les gens accepteront-ils deux reines, ou peut-être ont-ils trop d'autres chats à fouetter pour le moment ? La guerre est un sujet un peu plus important que le nombre de trônes dans le royaume.

— Je suis très fière de toi, me dit-elle, la voix si faible que j'ai du mal à la comprendre. Tu t'es très bien débrouillée.

Je déplace la couronne sur ma tête pour la placer dans une meilleure position. Je devrais commencer à parier sur le temps qu'il me faudra pour la faire tomber. Ou la perdre, dans le pire des cas.

— Combien de temps t'a-t-il fallu pour t'habituer à la couronne ? lui demandé-je, et elle m'adresse un faible sourire.

— J'ai porté la couronne dès ma naissance. Elle fait partie de moi, et ne t'en fais pas, elle deviendra une partie de toi aussi. Cela prend du temps de s'habituer à ce rôle, mais je serai là si tu as besoin de conseils.

Elle s'éclaircit la gorge ; c'est encore un son faible et douloureux.

— Peux-tu m'aider à retourner dans mes quartiers ?

Je hoche la tête et lui prends délicatement le bras, nous téléportant directement dans sa chambre. Je l'aide à s'installer dans son lit, et je m'assure que les oreillers soutiennent bien son dos. Elle semble épuisée, mais je ne peux pas partir sans lui poser une question.

— Lors du couronnement, quand on m'a posé la couronne pour la première fois sur la tête, j'ai eu une... Je ne sais pas comment l'appeler... une vision. J'ai parlé avec Angus, Dewi et Flora. Ensuite, nous nous sommes tous retrouvés chacun dans un paysage correspondant à notre saison. C'était l'hiver pour moi, mais la neige ne tombait pas, elle remontait. Cela t'est-il déjà arrivé ?

Elle me regarde d'un air curieux.

— Non, ça ne m'est pas arrivé. Je peux parler à Angus par télépathie, mais cela m'oblige à m'ouvrir à lui, ce que j'essaie d'éviter. Nous l'avons fait en temps de paix, quand nous devions nous parler de manière urgente, mais je ne me suis pas adressée à lui de cette manière depuis des décennies. Il est curieux que cela t'arrive maintenant, mais d'une certaine manière, c'est aussi logique. Les quatre dieux ont pris leur place. Mais avec quatre personnes plutôt que deux, il sera encore plus difficile de maintenir l'équilibre. Vous devrez travailler tous les quatre ensemble.

Elle s'affaisse, épuisée par son long discours.

— Espérons qu'Angus s'en rende compte, murmuré-je. Je vais te laisser te reposer un peu. As-tu besoin de quelque chose ?

Beira sourit.

— Non. Mais, s'il te plaît, essaie de profiter de la fête. Des temps difficiles arrivent, tu dois donc savourer les moments heureux pendant qu'ils durent.

Je n'avais pas vraiment l'intention de me joindre à la fête, mais les conseils de Beira sont judicieux. C'est le calme avant la tempête, et qui sait quand nous aurons à nouveau le temps de célébrer quelque chose.

Je me téléporte à nouveau dans la grande salle et cherche Dewi, mais elle semble être déjà partie. Les garçons se mêlent à la foule comme je le leur ai demandé, mais l'aura de Crispin brille d'agacement, car cinq femmes l'entourent. Je vais bientôt devoir aller le sauver.

Avant que je puisse le rejoindre, un dieu familier se place en travers de mon chemin. Thor. Son aura est rayonnante, mais elle me laisse voir son visage, comme pour la plupart des dieux. Plus le dieu est fort, mieux je vois son expression.

— Votre Majesté, me salue-t-il en s'inclinant et me souriant. Félicitations, ce fut un couronnement des plus passionnants.

— Je suis contente qu'il t'ait plu, réponds-je d'un ton neutre, espérant qu'il ne remarquera pas mon manque d'enthousiasme. Vas-tu rester pour les célébrations ?

Il sourit.

— Oh, oui ! Je ne manquerais ça pour rien au monde. La vie a été beaucoup trop sérieuse ces derniers temps, et nous avons tous besoin de nous amuser un peu.

C'est presque mot pour mot ce que m'a dit ma mère, et la plupart des invités semblent penser la même chose. La danse est endiablée et bruyante, et l'atmosphère est si détendue que c'en est presque trop. Quand je vois les gardiens à moitié nus qui entourent certains dieux, je crains que cela ne tourne bientôt à l'orgie.

— Amuse-toi bien, lui dis-je avec un sourire.

Je sais qu'il est marié et qu'il a une fille, il se tiendra donc à distance des gardiens nus, mais je suis sûre qu'il participera à tous les autres plaisirs physiques qui seront offerts ce soir. Tamara a sélectionné quelques-uns des meilleurs vins de notre cave, y compris certains provenant d'autres royaumes. Les tables des deux côtés de la salle débordent de nourriture et d'en-cas, et je suis attirée par la fontaine à chocolat qui est apparue près des portes principales.

— Je dois te dire quelque chose, déclare-t-il, toujours souriant, mais ses yeux passent sur les gens qui nous entourent, comme pour s'assurer que personne n'écoute. Danse avec moi.

Sans attendre ma réponse, il passe un bras autour de ma taille, me prend la main, et commence à valser. Je le suis, espérant ne pas marcher sur les orteils du dieu du tonnerre. Ce serait embarrassant. La couronne sur ma tête semble sur le point de glisser, mais Thor me tient fermement. Il baisse la tête jusqu'à être un peu trop près pour mon confort.

— Il y a un espion dans cette pièce, me chuchote-t-il à l'oreille.

— Je suis sûre qu'il y en a plusieurs, réponds-je à voix basse, pas du tout surprise.

Depuis le début, Tamara a toujours été très claire sur le fait que plusieurs agents de nos ennemis vivaient dans le palais. Parfois, elle leur donne des informations erronées, parfois elle les laisse transmettre des vérités pour s'assurer qu'ils gardent la confiance de leurs maîtres.

— Oui, mais tous n'ont pas laissé entrer un assassin, réplique-t-il.

Je m'écarte pour regarder Thor, mais il maintient sa prise sur moi.

— Ne regarde pas. Il y a deux Crispin dans cette salle. L'un parle à des femmes, l'autre murmure à l'oreille d'un homme que je ne connais pas. Ils ne s'attendaient sûrement pas à ce qu'un dieu doté d'une excellente ouïe soit présent. Je vais nous faire tourner dans un instant pour que tu puisses regarder.

Mon cœur se serre. Pas un autre clone de Crispin ! Cela commence à devenir lassant, et le fait qu'il se trouve dans la même pièce que le vrai Crispin est un peu trop évident. La Morrigan est-elle à ce point désespérée ? Elle doit savoir que nous sommes au courant des clones de Crispin, et que le personnel du palais a été averti. Il y a des mots de passe qui changent tous les jours… ce qui n'a pas empêché l'enlèvement de Flora.

Thor me fait tourner dans un mouvement élégant. C'est vraiment un excellent danseur. Si je dansais, je lui demanderais de donner des leçons à mes hommes, mais ce n'est pas mon truc. Je n'ai tout bonnement aucun sens de la coordination entre mes mains et mes pieds.

— Dans le coin, près des fruits secs, me murmure Thor.

Il me faut un moment pour repérer les cheveux blonds du faux Crispin dans la foule. Quand je reconnais l'homme auquel il parle, je ne suis pas vraiment surprise. J'aurais dû m'en douter.

— C'est Magnus, notre ancien trésorier, expliqué-je. Je l'ai relevé de ses fonctions il y a peu. Il a toujours été étrange, mais je me disais que si ma mère lui faisait confiance, je devais en faire autant.

— Nous, les dieux, plus nous vieillissons, plus nous pouvons être aveugles à ce qui nous entoure, dit Thor avec sagesse. Parfois, l'évidence est sous nos yeux, mais nous n'y prêtons plus attention. Magnus veut t'éliminer, et l'imposteur a dit qu'il serait heureux de le satisfaire.

La trahison de Magnus n'est pas une surprise, mais elle me laisse malgré tout un mauvais goût dans la bouche. J'espérais qu'il se contenterait de ne pas m'apprécier, mais, apparemment, il me déteste assez pour laisser entrer un assassin au palais. Je suis convaincue que c'est aussi lui qui a aidé à l'enlèvement de Flora.

— Il faut les séparer, murmuré-je. Je vais en informer mes gardiens, et je ferai ensuite comme si je ne savais pas qu'il n'est pas le vrai Crispin. Peux-tu éloigner Magnus ?

Thor acquiesce.

— Je vais trouver quelque chose. Où veux-tu que je l'emmène ?

Je souris.

— Sais-tu où se trouvent les cachots ?

Son sourire malicieux est toute la réponse dont j'ai besoin.

Notre danse s'achève, et je cherche mon gardien le plus proche. Storm est adossé à une colonne, l'air de s'ennuyer, et grognon. Tant mieux, il sera heureux de cette distraction.

Je le rejoins et passe un bras autour de sa taille.

— Fais comme si tu m'embrassais, marmonné-je tout bas.

— Je n'ai pas besoin de faire semblant, répond-il, et l'intensité de sa voix fait bondir mes ovaires.

Couchées, les filles. Pas maintenant. J'ai du boulot. Il se penche jusqu'à ce que sa bouche touche presque la mienne. Ses lèvres frôlent ma peau et je sens son souffle chaud.

— Magnus est en train de discuter avec un clone de Crispin, l'informé-je rapidement avant d'être tentée de l'embrasser et d'oublier cet assassin potentiel. Thor va éloigner Magnus, et je vais m'occuper du faux Crisp. Peux-tu garder le vrai Crispin à l'écart ? Je veux donner l'impression que je ne me suis pas rendu compte qu'il s'agit d'un clone.

— Tu ne devrais pas faire ça toute seule, proteste Storm, mais je pose un doigt sur ses lèvres pour le faire taire.

Il ouvre la bouche et le suce. C'était une mauvaise idée. Des picotements se répandent dans ma main, et j'ai vraiment envie d'aller plus loin, mais je suis la reine, à présent. Je dois prendre soin de mes sujets.

Regardez-moi donc utiliser des termes appropriés comme « sujets ». Bientôt, je parlerai d'impôts et d'autres choses horriblement ennuyeuses.

— Emmène Crispin à l'écart, répété-je. Si tu le souhaites, tu peux me suivre après, mais ne t'inquiète pas, je peux me débrouiller seule. Je suis plus forte que la dernière fois, et j'ai l'effet de surprise de mon côté. Tâchons de ne pas ébruiter cette affaire, je ne veux pas que nos alliés pensent que nous sommes faibles en laissant des assassins pénétrer dans notre palais.

Il acquiesce, mais son aura s'assombrit. Il n'aime pas que je fasse ça. Il va falloir qu'il s'y habitue. Je suis la foutue reine de ce foutu royaume, et je suis capable de prendre mes propres décisions. Je ravale ma colère ; ce n'est pas à lui que je devrais en vouloir. C'est à Magnus et à ce clone. Ils gâchent mon couronnement.

Je laisse Storm s'occuper du vrai Crispin et me dirige vers le coin où j'ai vu pour la dernière fois les deux hommes que je cherche. Magnus a disparu ; avec un peu de chance, Thor l'a appelé. Le clone est toujours là, à grignoter des fruits secs. Il semble s'amuser. Cela va changer dans un instant.

Je corrige mon expression et m'approche de lui par-derrière.

— Te voilà ! Je te cherchais !

Je devrais sans doute le prendre dans mes bras pour paraître plus convaincante, mais je ne peux m'y résoudre. C'est un imposteur, quelqu'un que la Morrigan a créé et formé. Il pourrait essayer de me tuer à tout moment, mais s'il est malin, il attendra que nous soyons seuls.

— Quoi de neuf ? me demande-t-il, comme le ferait Crispin.

Je déploie ma magie pour m'assurer qu'il s'agit bien d'un

clone. Oui. Le lien familier qui m'unit à mes gardiens n'est pas là.

— Tamara m'a dit qu'elle avait une surprise, lui dis-je. Un cadeau rien que pour nous deux. Tu veux que nous allions voir ?

Il a l'air un peu confus. Attendez, je peux voir son visage. Il n'y a pas d'aura. Comment se fait-il que je ne l'aie pas remarqué plus tôt ? Le beau visage de Crispin. Ses yeux, son sourire, ses lèvres que j'ai envie d'embrasser. Mais non, ce n'est pas lui. Et pourquoi n'a-t-il pas d'aura ? Tout le monde en a une, même les dieux, même les dragons métamorphes. C'est la première personne que je croise dans les royaumes qui n'en a pas. Très étrange. Cela signifie-t-il qu'il ne possède pas de magie ? Ou bien est-ce parce que c'est un double, l'ombre de quelqu'un qui existe déjà ?

— Où se trouve la surprise ? s'enquiert-il, balayant la salle du regard comme s'il cherchait Tamara.

Heureusement, ma magie a déjà confirmé qu'elle n'est pas là.

— Et pourquoi seulement nous ? Pourquoi pas les autres ?

Il est bien trop soupçonneux à mon goût. J'ai besoin qu'il me fasse confiance ; je ne veux pas qu'il soit sur ses gardes.

— Elle a dit que c'était dans la cour d'entraînement magique, là où Blaze aime traîner. Cela a peut-être un rapport avec lui ? Tu sais à quel point les licornes aiment les secrets.

— Oh oui !

Il acquiesce, mais je ne suis même pas sûre qu'il ait déjà croisé une licorne. J'espère vraiment que ce n'est pas le cas, car cela impliquerait que la Morrigan en a capturé une. Je ne veux même pas y penser.

— Bien, alors allons-y, lui dis-je d'un ton joyeux, puis je lui prends la main pour l'entraîner avec moi.

— Tu es très enthousiaste, remarque-t-il, mais il me suit sans difficulté.

— C'est mon couronnement, bien sûr que je suis enthousiaste !

Je le garde près de moi pour voir ce qu'il fait. Je n'ai pas l'intention de me faire poignarder dans le dos.

— J'ai hâte de voir ce qu'elle nous réserve, bafouillé-je.

Je tâche de me donner l'air insouciant et très heureux. Je veux qu'il soit moins tendu.

— Oui, moi aussi, acquiesce-t-il, mais il n'a pas l'air enthousiaste du tout. Ce doit être quelque chose de spécial si c'est juste pour toi et moi.

— Je suis sûre qu'elle y a beaucoup réfléchi.

Au point où j'en suis, je m'attends presque à trouver Tamara dans la cour, mais quand nous y pénétrons, elle est abandonnée, comme je l'espérais. Tout le monde est dans la grande salle pour faire la fête, et les seules pièces qui sont gardées sont les quartiers royaux ; c'est pour ça que je ne pouvais pas l'y emmener.

J'ignore où se trouve Blaze. Je m'attendais à ce qu'il assiste au couronnement, mais il n'était pas là, et il n'est pas là non plus, dans cet endroit favori. Peut-être a-t-il quitté le palais ? Il est arrivé sans prévenir, pourrait-il s'en aller sans rien dire non plus ? Non, il aime bien trop attirer l'attention pour ça ; il voudrait sans doute que nous organisions une grande cérémonie d'adieu pour lui.

— Il n'y a personne ici, remarque Crispin, dont la voix devient froide.

Je crois qu'il sait qu'il a été démasqué.

— Elle est peut-être en retard ? suggéré-je tout en saisissant ma magie pour l'enrouler autour de moi comme une barrière.

Je la rends dure, mais invisible, une armure impénétrable qui l'empêchera de me blesser physiquement. Mes barrières mentales sont dressées et solides. Il ne pourra pas me faire de mal à moins d'utiliser une magie très puissante.

— Ou peut-être n'a-t-elle jamais été là.

Il me regarde droit dans les yeux, et la noirceur dans les siens ne ressemble en rien à la chaleur des beaux yeux du vrai Crispin.

— Peut-être, acquiescé-je. Et maintenant ?

— Je ne suis pas là pour te tuer, dit-il d'un ton calme, abandonnant les faux-semblants. J'ai été envoyé pour délivrer un message.

— Pourquoi discutais-tu avec Magnus ? demandé-je, faisant fi de ce qu'il vient de dire.

Le clone hausse les épaules.

— Il est mon contact ici. Je devais également lui transmettre un message, mais il a été appelé avant que je puisse le faire.

— Menteur, sifflé-je. Votre conversation n'était pas aussi privée que vous le pensiez. Je sais que tu veux me tuer.

Il rit froidement.

— Si je le veux ? Oui. Si j'y suis autorisé ? Pas encore. Je me suis contenté de raconter ça à ce vieil homme pour qu'il me fasse confiance.

— Pourquoi ne te ferait-il pas confiance ?

— Tout le monde n'est pas capable de dire si je suis réel ou non. Je devais le convaincre que j'appartiens à la Morrigan.

— Pourquoi travailles-tu pour elle ? m'enquiers-je, même si je sais qu'il est sans doute allé trop loin pour se laisser influencer. Ne sais-tu donc pas ce qu'elle fait ?

— Elle est en train de construire un monde meilleur, et une fois sa vision achevée, je serai à ses côtés pour contempler ensemble notre nouvelle création.

Je ris et il fronce les sourcils.

— Sérieusement ? La Morrigan ne fait rien *ensemble*. Elle se débarrassera de toi dès que tu ne lui seras plus utile, comme elle le fait avec tous ses alliés. Elle ne s'intéresse à personne d'autre qu'à elle-même.

— Tu as raison sur ce point.

Le sourire disparaît de mes lèvres. La voix du clone a changé, elle est plus aiguë, presque stridente. Son expression est vide, il ressemble encore moins à mon Crispin.

— Bonjour, ma belle. C'est tellement bien de pouvoir enfin te parler, dit-il avant de ricaner d'une manière féminine. Jolie couronne. Elle ira bien avec mon autre.

— Morrigan ? demandé-je, même si je sais que c'est elle.

Les ténèbres dans ses yeux sont les mêmes que celles que j'ai vues dans les souvenirs de Crispin. D'une manière ou d'une autre, la Morrigan possède sa création.

— Elle-même, dit-elle, gloussant à nouveau, et j'ai envie de la gifler.

Qu'a dit Crispin tout à l'heure à propos des filles qui gloussent ? Pas étonnant qu'il n'aime pas ça.

— Que veux-tu ?

Je n'essaie même pas de paraître hostile. Si j'étais convaincue de pouvoir la tuer pendant qu'elle possède le clone, je le ferais sans hésiter. Elle a tué ma mère. Des étincelles dansent devant mes yeux tandis que j'essaie de contenir ma colère et ma haine. Elle n'est pas vraiment là. Je ne peux pas lui faire de mal. Du moins, c'est ce que je pense. Pour être honnête, j'ignore complètement comment elle fait ça.

— Je me suis dit que j'allais te rendre une petite visite. Il t'a dit qu'il avait un message pour toi, n'est-ce pas ? s'enquiert-elle en souriant, puis elle baisse les yeux sur son corps d'homme. Il est si beau. Je me souviens de son corps, de ce que je ressentais quand il me touchait… Il a beaucoup de talent, ce garçon, beaucoup de talent.

Je frémis de dégoût et efface de mon esprit l'image d'elle et de Crispin. Il a été contraint de le faire, ce n'était pas son choix. D'abord, il a subi un lavage de cerveau, puis elle l'a maintenu sous contrôle en menaçant la vie d'un bébé.

— Que veux-tu ? répété-je froidement.

— Envoyer un message. Tu vas comprendre dans un instant. Je suis ravie que nous soyons dehors, la vue sera bien meilleure d'ici.

Je ne sais pas de quoi elle parle.

— Délivre-moi ton message, et qu'on en finisse, grondé-je, resserrant mon emprise sur ma magie.

— Tu es tellement impatiente ! ricane-t-elle. Ta mère serait déçue. Enfin, elle pourrait l'être, pour quelques secondes encore. Après, elle n'en sera plus capable.

— Quoi ?

— Oh, ma chérie ! Tu es vraiment stupide, n'est-ce pas ?

Elle me sourit avec le visage de Crispin et cela me donne envie de vomir. Elle a prévu quelque chose de grave, et c'est sur le point de se produire.

La vue… Je lève les yeux. D'ici, je peux voir plusieurs des tours les plus hautes, dont celle qui abrite les quartiers de ma mère. Oh, non. Elle va attaquer Beira. Mais quel est l'intérêt ? Ma mère est déjà affaiblie et c'est moi qui contrôle la situation. Il serait tellement plus logique de se débarrasser de moi. À moins que… c'est la Morrigan. Elle aime faire souffrir les gens.

Beira.

Je déploie mes ailes et m'élance dans les airs, volant vers la tour aussi vite que possible. En bas, j'entends encore le rire aigu de Crispin. Je lance une boule de feu dans sa direction et je bats des ailes encore plus vite. Je dois me faire une meilleure idée de la situation, et ce n'est pas en me téléportant dans les quartiers de ma mère que j'y parviendrai. Je doute que la Morrigan fasse quelque chose là où personne ne peut la voir. Pas d'assassins cette fois-ci. Pas de poison. Elle veut que tout le monde sache que nous ne sommes pas en sécurité, même dans ce palais.

Je tire sur le lien qui m'unit à mes gardiens, les alertant du danger, puis je déploie ma magie pour sentir les menaces.

Trouve ce qui met ma mère en danger, la supplié-je, espérant que, pour une fois, elle fera ce que je lui demande. Elle traverse rapidement les murs de la tour et explore les pièces. Je l'envoie d'abord dans la chambre de ma mère. Il n'y a personne d'autre que Beira, qui dort dans son lit. Peut-être y a-t-il un artefact magique caché dans ses quartiers ?

Ma magie trouve quelque chose et je me téléporte aussitôt là où elle m'a conduit. C'est un orbe rond, qui flotte dans l'air et qui émet une lumière noire et étrange. C'est presque comme si la lumière de la pièce était aspirée à l'intérieur, et que c'était ce qui la fait briller.

— Qu'est-ce que c'est ? murmuré-je, sans attendre de réponse.

Les palpitations s'accélèrent, et l'orbe semble grandir lentement. Quoi que ce soit, ce ne peut pas être bon. Je l'entoure de magie de l'air et le jette par la fenêtre ouverte, aussi loin que possible. Il lutte, il veut rester, mais je suis plus forte. Je cours jusqu'à la fenêtre où j'observe l'orbe. Il a presque la taille d'une personne maintenant, épais, noir, et diabolique. Je le repousse plus loin encore, hors de portée des bâtiments du palais.

Ma magie m'avertit une fraction de seconde avant que cela ne se produise, mais cela ne suffit pas. L'orbe explose soudain et ma magie est repoussée par la déflagration, qui me frappe de plein fouet, me projetant sur le sol.

— Que se passe-t-il ? s'enquiert ma mère d'une voix faible, parvenant à peine à relever la tête.

Mon ton est sinistre quand je me relève pour lui répondre :

— La Morrigan.

À l'extérieur, un feu noir brûle dans l'air, planant à l'endroit où se trouvait l'orbe. Je n'ose imaginer ce qui se serait produit si la sphère avait été encore dans cette pièce. Il y aurait eu une explosion massive. Des cendres pleuvent du ciel tandis que les ténèbres se désintègrent lentement. Ce serait presque beau si je ne savais pas ce qui a failli se passer.

Elle va payer pour cela.

Je me téléporte à nouveau dans la cour, mais le clone de Crispin est étendu sur le sol, inanimé. Je me sers de ma magie pour l'examiner, mais je sais déjà qu'il est mort. Il avait tort, et j'avais raison. La Morrigan ne fait jamais rien *ensemble*.

Ma première réunion du conseil en tant que reine a lieu bien plus tôt que prévu. Après la tentative de meurtre contre ma mère, je ne pouvais pas retourner aux festivités. Je ne les ai pas interrompues non plus, mais j'ai informé les membres du conseil. À présent, nous sommes tous assis dans notre salle de réunion habituelle, mais l'ambiance qui y règne est bien plus morose qu'elle ne l'a été au cours des dernières semaines.

— Comment est-il mort ? demandé-je à Theodore, le guérisseur.

— Il n'y a pas de blessures externes ni de traces de poison. Il semblerait que son cœur se soit arrêté sans raison physique.

— Alors, partons du principe que la Morrigan l'a tué. Ce que je ne comprends pas, c'est pourquoi elle m'aurait prévenue à temps pour éviter l'explosion ? Elle aurait pu attendre quelques minutes. De toute façon, nous étions dehors, nous l'aurions vu sans qu'elle me le dise à l'avance.

— Bonne question, marmonne Tamara. Peut-être voulait-elle frimer ? Qu'elle s'est un peu emballée ?

— Elle a beau être une psychopathe, chacune de ses actions est calculée, explique Crispin.

J'ai demandé à mes gardiens de se joindre à cette session du conseil, et ils sont assis à mes côtés en bout de table.

— Elle voulait que tu l'arrêtes. Pourquoi ?

Personne ne répond. Comment savoir ? Cela n'a aucun sens. C'était censé être une attaque-surprise. Si Thor n'avait pas entendu Magnus et le clone, nous n'aurions sans doute jamais remarqué que nous avions un autre imposteur au palais. L'orbe aurait explosé sans qu'aucun d'entre nous puisse intervenir. Nous aurions peut-être supposé qu'il s'agissait d'Angus plutôt que de la Morrigan.

— Si quelqu'un a une idée, qu'il parle, dis-je d'un ton las.

La journée a été longue et épuisante. J'adorerais me blottir contre mes gardiens et oublier tout ça, mais non, je ne peux pas. Je suis la reine.

— Allons...

Un tremblement secoue la pièce et je me lève d'un bond, regardant autour de moi avec inquiétude. La plupart des membres du conseil ont fait de même et un mélange de confusion et de peur recouvre leurs auras.

— Maman !

Je me téléporte en même temps que je prononce son nom... et une douleur atroce me traverse le corps tandis que je suis déchirée.

LA NEIGE m'entoure lorsque je me réveille. D'épais flocons tombent du ciel... non, ce n'est pas de la neige. Ça sent le brûlé et la mort.

Des cendres.

Je voudrais m'asseoir, mais mon corps ne bouge pas. Je suis brisée, blessée intérieurement ; la douleur ne filtre que maintenant dans ma conscience. Tant de douleur, partout.

Des larmes roulent sur mes joues et se mêlent à la cendre qui tombe sur mon corps. Elle est partout sur moi, comme une couverture mortelle. Bientôt, je serai cachée, enterrée sous les cendres de ma mère. Les ténèbres rôdent aux confins de mon champ de vision, et je ferme les yeux. Dans un dernier effort conscient, je tire sur mon lien, espérant que mes gardiens m'entendront. S'ils sont encore en vie.

CHAPITRE

QUINZE

— Je n'ai jamais vraiment voulu la tuer. Je voulais simplement la vaincre.

— Eh bien, regarde où ça nous a menés. Elle est morte.

— Attendez, je crois que je sens Wyn.

Trois voix, toutes familières. Un homme, deux femmes.

— Wyn ? Es-tu là ?

C'est Flora, la douce et vive Flora. Le Printemps.

— Je suis… que se passe-t-il ?

Mes pensées sont lentes, bien trop lentes pour donner un sens à tout cela.

— Nous sommes de retour dans la salle obscure. C'est la troisième fois aujourd'hui, je crois. Nous sommes venus ici deux fois hier.

— Attendez… quoi… ?

Je n'arrive toujours pas à former une pensée cohérente. Tout est si confus.

— Il y a eu une explosion dans ton palais, tu t'en souviens ?

me dit Dewi d'une voix étonnamment douce. C'était il y a deux jours. Tu étais inconsciente jusqu'à présent, et peut-être l'es-tu encore. J'ai reçu des rapports toutes les heures de tes assistants, mais pour l'instant… eh bien, ils ne peuvent pas vraiment me dire quoi que ce soit tant que nous sommes ici.

— Deux jours ?

Ce n'est pas normal. Ce n'est pas possible. Inconsciente pendant deux jours ? Mais je suis une déesse ! J'aurais déjà dû guérir. L'homme s'éclaircit la voix. Angus.

— Je suis sincèrement désolé.

— Tu peux ! gronde Dewi, dont la voix n'a plus rien de calme. C'est ton alliée !

— C'était, marmonne-t-il. C'était.

— Attends, tu n'es plus… ? demandé-je, et au moins, j'ai presque réussi à poser une vraie question cette fois-ci.

— Non, je ne le suis plus, affirme-t-il, puis il prend une profonde et bruyante respiration. Je ne savais pas qu'elle allait attaquer Beira. Je n'en savais rien ! Tout comme elle ne m'avait rien dit au sujet de Flora et Fav. Je suis convaincu qu'il y a beaucoup d'autres choses dont elle ne m'a pas informé.

— Tu es de notre côté ? m'enquiers-je d'une voix faible, et son assentiment me parvient.

— Oui, je le suis. Nous sommes tous les quatre unis maintenant. J'ai partagé tout ce que je sais sur les plans de bataille de la Morrigan avec Dewi et Flora, même si cette dernière est toujours prisonnière.

— Plus pour longtemps, si j'ai mon mot à dire à ce sujet, affirme Dewi avec assurance. J'ai un plan pour te sortir de là.

J'ai manqué tant de choses ! Angus, maintenant de notre côté. Flora, sur le point d'être sauvée.

— Dewi… ta mère ?

Une vague de bonheur traverse la pièce sombre.

— Nous avons discuté. Je sais que c'est ma mère, je sens le lien. On lui a raconté que j'étais morte en chemin pour la terre.

— Je ne m'attendais pas à avoir une belle-fille aussi soudainement, ricane Angus. Aujourd'hui, nous ne sommes pas seulement des alliés, nous sommes une famille.

Je ne suis pas certaine de pouvoir lui faire confiance. Si longtemps, il a été l'ennemi, et tout à coup, il change d'avis juste comme ça ? Attendez… il a dit quelque chose au début. Quelque chose d'épouvantable et de terrible que j'ai chassé de mon esprit.

— Que s'est-il passé exactement ? demandé-je et le silence s'installe.

— Tu es téléportée tout droit dans une explosion, explique enfin Dewi. Tu as été déchirée. Personne ne croyait que tu survivrais, mais… euh… c'est un peu dégoûtant, mais de nouveaux membres ont poussé. Pour remplacer ceux que tu avais perdus, je veux dire, tu n'en as pas de supplémentaires. Ne t'en fais pas, tu as toujours deux bras et deux jambes, mais la moitié d'entre eux sont neufs. Peut-être plus de la moitié. Plutôt les trois-quarts.

Je frémis, incapable de croire ce qu'elle me dit. Il s'agit forcément d'une blague. Les membres d'un corps ne repoussent pas quand on les perd. Même les dieux ne font pas ça. Jusqu'à maintenant. Jusqu'à moi.

— Je suppose que c'était la Morrigan ?

— Oh, que oui ! La première bombe, c'était pour te montrer de quoi elle était capable ; la seconde a fait son œuvre.

Je commence à trembler.

— Quelle œuvre ?

De nouveau, le silence retombe.

— Je suis sincèrement désolée, murmure Flora. Beira est morte.

JE NE VEUX PAS me réveiller. La pièce obscure a disparu, tout comme les trois dieux, mais je ne suis pas prête à retourner parmi les vivants. Beira, morte. Ma mère. Maintenant, j'ai perdu mes deux mères. Mon père est la dernière famille qui me reste. Comment suis-je censée fonctionner, me battre, avec tant de tristesse dans mon cœur ? Tant de chagrin. Il m'emplit tout entière, mes veines, mes os, sans me laisser bouger.

Je ne peux pas faire face à ça, je ne peux pas. Combien de tristesse un cœur peut-il supporter avant de mourir ?

Non pas que mon cœur puisse mourir. Je dois commencer à accepter le fait que je suis immortelle, maintenant, encore moins susceptible d'être tuée que les autres dieux. Un nouveau corps a *repoussé* ! Ça n'arrive pas, pas même dans les royaumes.

Beira est morte.

Je suis en vie.

C'est vraiment injuste. Elle est la mère des dieux, la toute première déesse. Comment peut-elle disparaître comme ça ? Cela ne devrait pas être possible. C'est mal.

Peut-être y ai-je contribué ? Aurait-elle pu mourir si je n'avais pas été couronnée ? Peut-être l'univers a-t-il pensé que nous n'avions plus besoin d'elle maintenant qu'il y avait une nouvelle reine.

L'univers. L'équilibre. Les saisons. Qu'ils aillent tous se faire voir. J'en ai fini avec tous ces chagrins. Désormais, ma vie sera belle. Je vais tuer la Morrigan et ses démons, puis je ferai de ce royaume un paradis sans souffrance. Ni pour moi ni pour aucun de mes sujets. Le royaume de l'Hiver sera un lieu de paix et de bonheur.

Plus de guerre. Rien que cette bataille finale. Et j'en ai assez d'attendre que la bataille vienne à moi. Je vais apporter la guerre à la Morrigan et l'éliminer une fois pour toutes.

JE ME RÉVEILLE avec un sourire sinistre. Un corps réchauffe le mien. Je laisse ma magie explorer la pièce avant d'ouvrir les yeux. Quatre personnes. C'est Arc qui est dans mon lit, il me serre contre lui comme s'il avait peur que je disparaisse. Theodore est assis dans un coin, à moitié endormi. Les deux autres sont des gardes qui se tiennent près de la porte, bien éveillés et prêts à réagir face à toute menace.

Je ne connais pas cette pièce. Ce n'est ni ma chambre ni l'infirmerie. J'envoie ma magie un peu plus loin. Nous sommes sous le palais principal, dans une zone que je n'ai pas encore explorée. Les murs sont épais et anciens, luisant d'une substance étrange qui repousse ma magie. Je pourrais insister, mais ce n'est pas facile. Ils ont dû m'emmener dans l'endroit le plus sûr auquel ils pouvaient penser. Une zone où la magie est limitée, afin que les ennemis ne puissent pas en faire usage contre moi pendant que je suis sans défense. Malin.

Il y a une pièce plus petite à côté de celle-ci, et à l'intérieur se trouvent mes trois autres gardiens. Crispin dort. J'en suis heureuse ; il est si épuisé que cela affaiblit son aura. Storm est réveillé, marchant de long en large, ruminant. Frost est assis à côté de Crispin, son aura est aussi agitée que celle de son frère.

Je tire doucement sur le lien qui m'unit à eux, et je les regarde se lever, puis courir de leur chambre à la mienne. Storm ordonne aux gardes et au guérisseur de s'en aller, ce qu'ils font immédiatement.

Les bras qui m'entourent se resserrent.

— Bienvenue, murmure Arc avant de desserrer son étreinte et de disparaître de mon lit. Pourquoi me laisse-t-il seule ?

Crispin est le premier à m'approcher. De la magie coule de ses mains tandis qu'il examine mes blessures.

— Wyn ? Tu m'entends ?

— Cinq sur cinq.

Ma voix est étonnamment forte, elle n'est pas aussi faible que je m'y attendais. Pour quelqu'un à qui un nouveau corps vient de repousser, j'ai l'air plutôt en forme.

— Comment te sens-tu ?

Sa magie est toujours en train de m'inspecter, mais je ne ressens qu'un léger chatouillement. Je surveille mon corps pour voir si j'ai mal. J'éprouve une douleur sourde dans le bras droit, mais c'est à peu près tout. Je n'arrive pas à imaginer que j'ai été gravement blessée il y a seulement deux jours.

— Plutôt bien, réponds-je. Quelle est la situation ?

Ils échangent tous des regards. L'éléphant dans la pièce. Non, la déesse morte dans la pièce.

— Je suis au courant, dis-je d'une toute petite voix.

Je ne peux pas me permettre de craquer maintenant.

— Je sais qu'elle est morte. Je suis aussi au courant pour l'explosion, et qu'Angus est maintenant de notre côté. J'ai participé à une petite téléconférence avec les trois autres dieux des saisons.

— Je suppose que tu es aussi au courant pour la mère de Dewi ? demande Storm.

— Qu'elle est la mère de Dewi et qu'elle nous soutient ? Oui.

— C'est bizarre, murmure Frost.

Je suis plutôt d'accord. J'adorerais être encore alitée, malade, entourée de mes gardiens aimants et attentionnés, mais je n'ai pas le temps. Je sens le changement dans l'air. La tempête est sur le point d'arriver et de nous frapper durement.

— Angus dit qu'il se peut que la Morrigan ne sache pas qu'il n'est plus de son côté, rapporte Storm. Elle lui a ordonné de préparer ses troupes, et il va faire comme si rien n'avait changé pendant un certain temps. Seuls ses plus hauts généraux seront informés, et ce juste avant la bataille. Avec un peu de chance, la Morrigan sera surprise quand les forces d'Angus se mettront soudainement à combattre ses démons.

— Tout le monde est prêt ? Nos alliés ?

Storm hoche la tête.

— Oui, ils attendent tous le signal. Angus a tenté de gagner du temps avec la Morrigan pour que tu aies le temps de guérir. Mais je ne crois pas qu'elle attendra plus longtemps. Ses démons ne restent plus cachés, ils s'amassent près des portes.

— C'est une diversion, marmonné-je. Elle est capable de construire ses propres portes, vous vous souvenez ? Elle va en créer une quelque part au centre de ce royaume et l'envahir pendant que nous surveillons les portes existantes.

— Comment…

Storm reste sans voix. Je n'arrive pas à croire que je suis témoin d'une chose pareille.

— Quelque chose a changé. Mon esprit est différent, plus ouvert. Je *ressens* davantage.

— Je ne suis pas sûr de comprendre, dit Arc, dont l'aura reflète son incertitude. Qu'est-ce qui a changé ?

— Mes pouvoirs. Mon lien avec la magie qui m'entoure. Je ne sais pas si c'était le couronnement, ou la mort de ma mère, ou bien les deux. Je sais des choses que je ne savais pas auparavant. Mon esprit s'est développé.

Ce n'est que maintenant que je l'exprime que je comprends la gravité de cette nouvelle sensation. Je suis encore plus forte maintenant. J'ai des connaissances, des connaissances anciennes, qui ne demandent qu'à être explorées et utilisées. Comme les agissements passés de la Morrigan. Sa façon de penser. Comment je l'ai créée.

Mais…

Je ne l'ai pas créée !

— Les souvenirs de ma mère, murmuré-je. Je peux accéder à certains de ses souvenirs.

— C'est dingue, s'exclame Frost avant d'ajouter aussitôt, et utile.

J'essaie de retrouver les souvenirs qui ne sont pas les miens, mais qui se confondent avec eux. Ils ont un goût légèrement différent, mais c'est presque imperceptible. Je vais avoir besoin de temps pour faire le tri entre ce qui lui appartient et ce qui m'appartient. Voilà qui va être très déroutant. Je pense à la Morrigan, et de nouveaux souvenirs surgissent. Je souris devant l'un d'entre eux en particulier.

— La Morrigan a été créée en tant que guerrière. C'est ainsi qu'elle pense, en termes de violence et de destruction. Elle pense aussi être la seule à être comme ça. Elle ne s'attend pas à ce que nous agissions les premiers.

— Et nous n'avons pas prévu de le faire, répond Storm lentement. Es-tu en train de dire que nous devrions ?

— Personne ne sait que je suis réveillée. Ses espions ne peuvent pas l'informer du contraire… pour l'instant. Elle nous croit faibles, et elle va bientôt attaquer. Angus est peut-être la seule raison pour laquelle elle ne l'a pas encore fait. Nous devons être plus rapides.

— Dès que nous aurons prévenu nos alliés, elle l'apprendra, souligne Storm. Elle a des espions partout.

— Oui, c'est vrai, confirmé-je en souriant. Mais elle n'est pas dans leur tête. Moi, je peux le faire.

Ils me fixent tous.

— Je sens les dieux dans le palais au-dessus, leur expliqué-je. Je sais que je peux leur parler par télépathie. Je sens aussi ceux qui sont de notre côté. Il y en a au moins un qui ne l'est pas, et deux qui ne sont pas tout à fait sûrs.

— Qui ? demande immédiatement Storm, dont l'aura s'assombrit.

Je concentre ma magie sur les esprits qui se distinguent. Ils sont comme des taches sombres qui se détachent de tous les esprits blancs et brillants des dieux. Les gardiens sont plus argentés et il y a un point rose qui me fait sourire. Blaze.

— Saturne est un traître, annoncé-je.

Je n'ai pas encore parlé à ce dieu en personne, mais je l'ai vu dans les parages.

— Hadès est indécis. Sa sœur l'a persuadé de nous rejoindre, mais il considère que c'est peine perdue. Il retournera sa veste dès qu'il se sentira en danger. L'autre, je ne le connais pas... attendez, si, je le connais. Éole, le dieu du vent.

— Éole ? répète Storm, perplexe. Il a été d'un grand soutien par le passé. Il n'est pas très puissant et son royaume est minuscule, mais je n'ai jamais douté de son engagement.

Je hausse les épaules.

— Il a peur. Il a peut-être juste besoin d'un petit discours d'encouragement. Accorde-moi un moment.

Je me concentre et je fais abstraction des gens qui m'entourent, me concentrant sur la lumière éclatante du dieu. Il risque d'être un peu choqué.

— Éole ! l'appelé-je dans son esprit, espérant que mon instinct ne m'a pas trompée sur mes nouvelles compétences.

Intérieurement, il pousse un cri, et je dois réprimer un sourire. Il est plutôt nerveux.

— Votre... Votre Majesté ?

— En effet. Comment se déroulent les préparatifs de la bataille ?

— Bien, très bien, tout est prêt.

Il me fait penser à un hamster qui court dans sa roue, effrayé à l'idée d'en sortir.

— Nous allons gagner cette bataille, Éole, lui montrant ma conviction à travers notre connexion. Je sais qu'il est facile de douter de notre capacité à gagner contre des hordes de démons, mais nous sommes forts ensemble. Puis-je te confier un secret ?

J'évalue son esprit en lui parlant. Rapportera-t-il à la Morrigan ce que je lui dirai ? Non, il a tout simplement peur, il ne veut pas vraiment la soutenir. S'il s'incline, il n'aura plus qu'à ramper jusqu'à son propre royaume et à espérer que tout se passe bien.

— Votre Majesté ?

— Nous avons de nouveaux alliés. Des alliés puissants qui surprendront tout le monde.

— Les dragons ?

Je souris.

— Non, encore plus puissant que les dragons. Tu le verras bientôt, mais d'ici là, j'ai besoin que tu aies confiance en notre victoire. J'ai besoin que tu croies en notre cause. Nous devons tous nous serrer les coudes et si nous le faisons, nous serons victorieux.

Son esprit devient plus fort. Il a pris sa décision.

En guise d'adieu, je dis :

— Je te recontacterai bientôt. Prépare tes forces.

Je me retire et j'ouvre à nouveau les yeux. Les garçons sont toujours dans la même position ; j'ai l'impression que le temps ne s'est pas écoulé. Ce type de communication mentale semble être la même que celle que j'entretiens avec les trois autres dieux des saisons.

— Il va nous soutenir, annoncé-je. Nous nous occuperons d'Hadès le moment venu. Quant à Saturne… utilisons-le à notre avantage. Si nous lui fournissons des informations erronées, il les répétera à la Morrigan, qui croira sans doute davantage un dieu que l'un de ses espions.

— Bon plan, me complimente Storm, dont l'aura brille de fierté. Tu gères tout cela très bien.

Est-ce qu'il veut parler de la mort de ma mère ? Non, je ne gère pas bien du tout. Elle est repoussée dans un petit coin sombre de mon esprit, et elle y restera pour le moment. J'ai besoin de garder mes émotions à l'écart jusqu'à la réussite de ma mission actuelle.

Tuer la Morrigan. La détruire une fois pour toutes.

Je repousse la couette et me redresse, fronçant les sourcils en constatant que je suis nue.

— Ta peau était en train de cicatriser, explique Crispin, nous ne voulions pas qu'elle soit en contact avec un tissu auquel elle aurait pu se coller.

Je ris.

— Belle excuse pour me mettre toute nue.

— J'aimerais que nous ayons le temps de profiter de la vue, soupire Frost. Mais tu n'as pas l'air de vouloir t'allonger et nous laisser te faire du bien.

Il a raison. J'aimerais pouvoir, mais je sais que c'est impossible. Il y a tant à faire !

— Bientôt, lui dis-je en envoyant des pensées affectueuses le long du lien qui nous unit. Tout sera bientôt terminé. Ensuite, nous nous enfermerons dans ma chambre, et nous ignorerons le monde pendant quelques jours.

— Des semaines, s'il te plaît, exige Arc. Ou des mois. Nous avons besoin de toi.

— J'ai aussi besoin de vous, réponds-je tristement. Être reine, c'est tellement ennuyeux !

CHAPITRE

SEIZE

Il s'avère qu'une magnifique armure a été fabriquée pour moi. C'est étrange de la porter, mais c'est aussi un peu cool d'avoir l'impression d'être une dure à cuire. Elle est constituée de plaques métalliques serrées qui accentuent la courbe de mes hanches, mais il y a un tissu doux à l'intérieur qui les allège quelque peu. Je n'ai pas l'impression de porter des dizaines de kilos de métal sur mon corps, mais plutôt le poids d'un manteau de laine. Deux plaques métalliques incurvées enserrent mes seins. La personne qui a conçu les bouts pointus s'est bien amusée. Mes seins n'ont pas l'air aussi parfaitement formés lorsque je porte un soutien-gorge.

— Le métal est imprégné de répulsifs magiques, explique Frost en m'aidant à mettre les épaulières. Tu devras quand même maintenir une barrière, mais si quelque chose passe, tu seras protégée contre les attaques magiques mineures. Et elle est impénétrable à toute arme.

— Attends, complètement impénétrable ? Il doit bien y avoir

des points faibles ? Que se passe-t-il face à une arme très tranchante ?

— La magie, répond-il en guise d'explication. Elle assurera ta sécurité autant que possible. L'armure est fabriquée à partir du métal qui faisait autrefois partie de l'armure de Beira, mais elle était plus grande que toi, alors les forgerons l'ont fondue et en ont fabriqué une toute nouvelle.

— Avant ou après le couronnement ?

Je ne veux pas qu'ils l'aient fait après sa mort. Ça ne me semble pas normal. Ses affaires doivent rester telles qu'elles sont et ne pas être modifiées pour m'aller.

— Avant. Je crois qu'elle savait qu'elle ne pourrait plus jamais combattre, alors elle l'a fait modifier pour te protéger. Elle cherchait toujours à garantir ta sécurité, même si elle savait que tu devais te battre.

Il remue les épaulières d'avant en arrière pour s'assurer qu'elles sont bien fixées.

— Je pense que tu es prête.

Je secoue la tête.

— Je ne crois pas l'être.

Il me rapproche de lui. Je ne peux pas sentir ses gestes à travers l'épaisse armure, mais sa proximité est tout de même réconfortante.

— Quand tu t'es réveillée, tu étais différente, Wyn. Pas moins bien, pas meilleure, mais changée. Plus consciente. Plus vive, en quelque sorte. Je ne sais pas comment le décrire, mais je peux te dire ce que j'ai ressenti. Comme si tu étais la seule personne que je suivrais n'importe où. Je te fais entièrement confiance, parce que je connais ton cœur. Je sais à quel point tu tiens à nous, à tout le monde dans ce royaume. Tu nous guideras à travers les ténèbres et jusque dans la lumière. Je n'ai absolument aucun doute à ce sujet. Je ne te dis pas que ce sera facile, ou qu'il n'y aura pas de pertes, mais je crois en toi, Wyn.

J'ai du mal à déglutir. *Ne pleure pas, Wyn. Ne pleure pas, pas après toutes ces belles choses qu'il a dites.*

— Je t'aime, ajoute-t-il, et les vannes s'ouvrent.

Je pose ma tête sur son épaule, je pleure, je pleure, mes larmes trempent sa chemise.

Je sais que c'est la dernière fois que je suis aussi émotive. Ma dernière chance de me débarrasser de toute cette tristesse refoulée en moi. Ce n'est pas la tristesse profonde qui devra rester enfouie pendant un certain temps, mais la tristesse par rapport à ce qui est sur le point de se produire. Des gens vont mourir. Ce n'est pas un jeu, c'est la guerre. Je ne crois pas que je serai jamais tout à fait prête pour cela, mais les paroles de Frost ont renforcé ma détermination. Personne d'autre ne pourra le faire. Je suis la déesse de l'Hiver, la reine de ce royaume, et je vais mener mon peuple à la victoire.

Pendant que j'étais inconsciente, certains des dragons métamorphes en visite ont enseigné à nos mages les plus forts comment créer une porte temporaire. J'en suis ravie, car cela signifie que je n'aurai pas à téléporter tout le monde, et j'économiserai mes forces.

Les onze se tiennent devant moi dans une cour que j'ai entourée de cette magie jaune qui empêche quiconque d'écouter. Mes gardiens sont derrière moi et me donnent de la force.

Jusqu'à présent, je suis restée dans l'ombre, car je ne voulais pas que l'on sache que je suis réveillée. Seuls le conseil et mes gardiens étaient au courant avant ce moment, mais il est temps de me montrer à ceux qui vont se battre et mourir pour le royaume.

— Êtes-vous tous sûrs de pouvoir créer une porte et de la maintenir ouverte suffisamment longtemps pour laisser passer un bataillon ?

Ils me saluent tous en guise de réponse. Je ne savais pas grand-chose sur le fonctionnement de l'armée auparavant, mais les connaissances de ma mère comblent les lacunes. Grâce à elle, je dispose désormais de toutes les statistiques sur le nombre de soldats, de gardiens spécialisés dans certains types de magie et d'armes dont nous disposons. Nous avons des flacons de poison qui peuvent être lancés, des grenades magiques et des bombes capables de geler tout le monde. Au début, nous paraissons imbattables avec toutes ces ressources, mais je suis consciente que la Morrigan aura probablement les mêmes. De plus, elle a de plus grands effectifs. Ses démons ne sont peut-être pas tous aussi bien entraînés et puissants, mais ils compensent par leur nombre. Personne n'en a la certitude, mais les démons sont connus pour se multiplier en temps de guerre. Je ne veux pas non plus penser à la manière dont ils procèdent exactement. Espérons qu'il s'agit de clonage ou de quelque chose du genre, pas de sexe et de bébés démons.

— Très bien. Storm assignera chacun d'entre vous à un officier auquel vous devrez rendre compte. Quoi qu'il arrive, vous restez auprès de cet officier, et vous suivez ses ordres. Une fois tout le monde en place, il sera informé de votre destination. Ensuite, vous ouvrirez une porte et veillerez à ce que tout le monde arrive à bon port, avant de la refermer. Je ne veux pas que des ennemis utilisent nos portes pour entrer dans le palais. Compris ?

— Oui, Votre Majesté ! crient-ils à l'unisson.

Leur aura est pleine d'espoir et de confiance. Ils croient

vraiment que nous allons gagner. Eh bien… ils ont raison. Au fond de mon cœur, je suis aussi confiante.

— Il peut y avoir des stratégies dont vous n'êtes pas au courant. Si votre officier vous demande d'emmener tout le monde dans un nouveau lieu, vous le faites sans poser de questions. Tout repose sur vous onze et si vous devez ressentir cette responsabilité, je veux que vous soyez fiers de votre rôle.

Leurs auras s'illuminent encore plus.

— Soyez prêts, le signal de départ peut arriver à tout moment. Ne vous laissez pas distraire et défendez ce royaume !

Je crie les derniers mots et un chœur d'applaudissements me répond.

— Bon travail, murmure Storm derrière moi, avant de se diriger vers les mages et de leur remettre à chacun une note avec le nom de leur commandant. Ils ne savent pas encore que nous ne faisons pas que défendre le royaume. Nous allons aussi en attaquer un autre.

Être ceux qui lancent l'offensive me laisse un goût amer dans la bouche, mais c'est ce qui nous donnera les meilleures chances de succès. Je connais la Morrigan et je suis sûre qu'elle ne s'attend pas à ce que nous prenions les devants. Elle ne nous considère pas comme des égaux. C'est une déesse intelligente, mais son orgueil sera sa perte.

Je passe en revue ma check-list dans ma tête. Le conseil a été informé. J'ai dit au revoir à mon père. Les mages savent quoi faire. Nos forces sont prêtes à être acheminées vers les points d'attaque indiqués. Il ne me reste plus qu'à prévenir nos alliés. Le conseil m'a assuré que tous nos dieux alliés ont préparé leurs troupes, et qu'ils n'ont besoin que de l'heure et de l'endroit où je veux qu'ils rejoignent mon armée. Ce n'est pas mon plan, c'est celui sur lequel Storm et Gwain ont travaillé, mais il faut qu'on ait l'impression que tout vient de moi. Des gens me font confiance, à moi, leur déesse, la femme qui a survécu à l'explosion qui a tué l'ancienne reine de l'Hiver.

Je me tourne vers mes autres gardiens pendant que Storm continue de parler aux mages.

— Croyez-vous que nous sommes prêts ?

— Oui. Il est temps d'expulser cette garde de son trône, réplique Arc, la voix pleine de passion et de colère.

Tant mieux. Cela l'aidera dans la bataille.

— Oui, tous les guérisseurs sont prêts à intervenir. Theodore les supervisera.

Rien n'a pu convaincre Crispin de rester avec les guérisseurs à l'écart du champ de bataille. Il ne me quitte pas d'une semelle, et pour être honnête, je suis reconnaissante d'avoir mes quatre hommes à mes côtés. J'ai beau avoir tous ces nouveaux pouvoirs, cela ne veut pas dire que je n'ai pas peur. Je suis terrifiée, en fait.

— Nous pouvons le faire, affirme Frost avec assurance. Je te l'ai déjà dit, et je te le répéterai aussi souvent que tu auras besoin de l'entendre.

Storm nous rejoint.

— Est-ce qu'on fait un discours d'encouragement ?

Je grimace.

— Non, c'est un discours « faisons en sorte que Wyn se sente prête ».

— C'est pareil, répond-il avant de devenir sérieux. Tout le monde est en position. Tu n'as plus qu'à contacter les autres dieux.

Je hoche la tête.

— Mais pas ici. Tenez-moi la main.

Ils m'obéissent, déjà habitués à cette procédure, et je nous téléporte au sommet de la plus haute tour. Je me plais là-haut. J'ai l'impression d'être loin du palais, tout en en faisant partie. C'est libérateur.

Je m'assieds au centre de la plate-forme circulaire et me concentre sur ma magie. Je sais que mes gardiens veilleront sur moi pendant que je travaillerai avec mon esprit. Je sais que je peux le faire, et j'ai les souvenirs de ma mère. Mais il me faut plusieurs essais avant de parvenir à me connecter à l'esprit de Dewi.

Même si elle est au courant que je vais le faire, elle pousse quand même un cri de surprise. J'espère qu'il n'était que dans sa tête. Je ne veux pas la mettre dans l'embarras.

— Tout le monde est prêt, lui dis-je sans plus attendre. Je vais essayer de t'envoyer une image de la carte et de ta position, dis-moi si tu la reçois.

Je convoque la carte que Storm m'a montrée, avec les petits drapeaux qui symbolisent les endroits que nos alliés sont censés atteindre pour pénétrer dans le royaume des démons. Ma mère est… était l'une des rares personnes à avoir visité ce royaume, alors j'ai apporté quelques modifications à la carte que Gwain m'avait procurée. C'était comme l'une de ces vieilles cartes de la Grande-Bretagne où le littoral est mal dessiné, mais où l'on peut encore distinguer la forme de base. Voilà à quoi ressemblait la carte du royaume des démons. Mais elle est correcte maintenant, grâce aux souvenirs de ma mère. Si j'avais le temps, je paniquerais un peu à l'idée que ses connaissances s'infiltrent dans les miennes et les modifient, mais non, je dois me concentrer. Je ne peux pas me laisser aller à l'hystérie, car je sens mon moi se fondre dans la conscience d'une déesse morte.

Non, je ne panique pas.

J'envoie la carte à Dewi, essayant de ne pas être trop rapide. Je ne sais pas du tout si cela va fonctionner et je n'ai pas l'intention de lui faire fondre la cervelle. Elle est forte, mais je suis bien plus puissante. Ce n'est pas de la vantardise, c'est un fait.

— Je l'ai, dit-elle, bien plus vite que je m'y attendais. Quelle est ma couleur ?

— Marron. Je fais faire le tour et informer les autres, mais essaie d'être là dans deux heures. Je vais laisser une petite connexion ouverte. Quand tu la sentiras s'activer, il sera temps d'attaquer.

Je sens son accord et je retourne dans mon corps.

Mes gardiens me regardent avec curiosité. Je leur souris.

— Une de faite, encore une vingtaine à faire. Quelqu'un pourrait-il m'apporter du thé ?

APRÈS AVOIR CONTACTÉ tous les dieux, je suis épuisée. Pas physiquement, et pas ma magie, mais mentalement. C'est comme si j'avais participé à une fête interminable où je devais discuter avec chacun des invités. J'ai beaucoup trop socialisé aujourd'hui. Heureusement, les prochaines personnes que je rencontrerai seront sans doute des démons que je pourrai tuer. *Youpi.*

Je nous téléporte dans la salle du conseil, où tout le monde attend. Gwain et Ada sont habillés pour aller au combat ; l'armure du premier est bosselée à plusieurs endroits. Je suis convaincue qu'elle pourrait être facilement réparée, mais il doit la considérer comme une source de fierté, un souvenir de toutes les guerres qu'il a gagnées et auxquelles il a survécu.

Theodore porte une étrange robe avec des dizaines de poches par-dessus ses vêtements noirs, ainsi qu'une ceinture remplie de minuscules flacons.

Anthony, notre nouveau trésorier, est un peu pâle, mais il a également revêtu une armure, tout comme Algonquin et Zephyr. Ces deux-là me paraissent bien trop vieux pour se battre, mais je me rappelle que ce sont des gardiens, qu'ils sont immortels et sans doute bien plus forts qu'ils n'en ont l'air.

La seule qui ne se joindra pas à moi dans le royaume des démons est Tamara, qui supervisera les choses d'ici, avec plusieurs gardiens capables de communiquer avec leur esprit. Ils constituent notre plan de secours, au cas où je ne pourrais pas coordonner nos alliés moi-même.

— Tout le monde est prêt ? m'enquiers-je sans prendre la peine de m'asseoir.

— Nous sommes prêts, ma reine, répond Gwain de manière formelle. Les troupes sont prêtes à prendre leurs positions. Nous n'attendons plus que votre signal.

Je prends une grande inspiration. C'est à ce moment-là que tout va se jouer. Je risque d'envoyer tout le monde à la mort. Si cela ne fonctionne pas, la Morrigan va s'emparer du royaume de l'Hiver et de bien d'autres pour en faire son propre enfer. L'équilibre sera rompu, la magie cessera d'exister, la vie en pâtira.

Non, ça ne peut pas arriver. Nous devons en sortir victorieux, et nous y arriverons.

— Faites passer le message, annoncé-je au conseil. Montrons à la Morrigan que nous ne sommes pas aussi faibles qu'elle le pense. Faisons-lui payer ce qu'elle a fait.

DIX-SEPT

Voir tout le monde franchir les portes en courant, avec des armures étincelantes et des armes flamboyantes, c'est exaltant. J'attends un moment pour m'assurer que tout se passe comme prévu, puis je me tourne vers mes quatre gardiens.

— Frost, dis-le-moi une dernière fois, demandé-je, envahie par une soudaine vague de peur.

— Je crois en toi, dit-il simplement, comme si ce n'était pas l'une des choses les plus précieuses qu'il m'ait jamais dites. Tu vas être splendide.

Son aura bat avec fierté et amour alors qu'il s'avance et me prend dans ses bras. Une fois encore, l'armure fait obstacle, mais ses lèvres trouvent tout de même les miennes. Je l'embrasse passionnément, en essayant de tenir à distance la terrible pensée qui s'infiltre dans mon esprit. Et si c'était la dernière fois que je l'embrassais ? Et si je ne revoyais jamais aucun d'entre eux ?

Je respire son odeur, je la mémorise. Mon Frost.

Même après avoir rompu le baiser, je reste dans ses bras.

— Ce soir, nous irons plus loin, me promet-il, et j'entends le sourire dans sa voix.

— C'est mon tour, nous interrompt Arc en m'éloignant de Frost pour m'étreindre brutalement.

Il porte un kilt par-dessus son armure métallique, comme s'il ne pouvait se départir de son identité écossaise. Il baisse la tête et m'embrasse avec force ; ses lèvres sont bien plus exigeantes que celles de Frost. Je me laisse aller à ce baiser, goûtant mon gardien, espérant ardemment que ce ne soit pas une fin, juste un baiser parmi tant d'autres, des millions de baisers dans notre vie immortelle ensemble.

Cette fois, c'est Storm qui me prend dans ses bras. Il ne m'embrasse pas, il se contente de me regarder, mais je ne vois pas son visage. C'est étrange de savoir qu'il est capable de me regarder dans les yeux, alors que moi, non. C'est comme si j'étais aveugle et pourtant pas tout à fait.

Je ne sais pas ce qu'il voit dans mes yeux, mais au bout d'une minute, son aura change de couleur, prenant une teinte rouge ardente et passionnée.

— Sois prudente, murmure-t-il, et il m'offre le plus doux des baisers, un contact rapide de ses lèvres sur les miennes.

Puis il disparaît, et Crispin prend sa place. Mon doux Crispin, brisé. Je fais ça pour lui, pour ma maman, pour ma mère, pour les dragons et pour tous ceux qui ont souffert des mains de la Morrigan.

— Elle va regretter de t'avoir fait du mal, chuchoté-je avant de l'embrasser, pour lui montrer à quel point je suis sincère.

Il me répond de la même façon, sa langue vient caresser la mienne, notre lien s'anime et me réchauffe le cœur. Je sens ma connexion avec mes hommes, plus forte que jamais. Ils sont là pour moi, et je les protégerai à tout prix. Ils sont à moi, et la Morrigan ne les aura pas. Elle n'aura personne. Elle sera morte.

Alors que Crispin m'étreint encore, je tends les bras et les trois autres hommes les saisissent.

— Prêts ? leur demandé-je doucement, et leur assentiment filtre à travers notre lien. Alors, allons tuer une déesse.

PENDANT QUE LA plupart de nos alliés commencent la bataille aux frontières du royaume des démons, se frayant un chemin vers l'intérieur, rassemblant les démons comme du bétail, les gars et moi nous téléportons en plein milieu. Le royaume est composé de treize zones, toutes nommées d'après des joyaux. Douze d'entre eux entourent la zone onyx comme des pointes sur une roue. Si je connais un tant soit peu la Morrigan, c'est là qu'elle sera, comme l'araignée au centre de la toile.

Je ne savais pas trop où nous téléporter, alors j'ai choisi un endroit juste à l'extérieur des murs du château, un lieu que j'ai vu dans les souvenirs de ma mère. En réalité, le château est bien plus effrayant. Ses tours dentelées ressemblent à des lances, s'élevant vers le ciel rouge sang comme si elles voulaient le percer et le détruire. Les murs sont faits de pierre noire polie, de l'onyx, je suppose. Il n'y a aucune fenêtre, pas même de meurtrières. C'est une structure étrange et menaçante qui envoie un message clair : *Dégagez !* C'est hors de question, nous avons un travail à faire.

— Je vais vérifier s'il y a des démons, dis-je à mes gardiens, et je déploie ma magie, la projetant dans l'air autour de nous jusqu'à ce qu'elle se disperse et se déplace dans toutes les directions.

Ils sont au moins dix à la porte principale, et des centaines dans le château. Quatre… non, cinq dieux à l'intérieur. Mais pas la Morrigan.

Mon cœur s'emballe sous le coup de la déception. Elle était

censée être ici. Heureusement, notre plan prévoyait cette éventualité.

— Je pense qu'il est temps de donner le signal.

Je regarde mes gardiens, leurs auras. Tous dégagent une grande confiance. Il semble que nous ayons atteint le point de non-retour.

— Faites le guet pendant que je fais ça.

Crispin éclate de rire.

— J'adore quand elle devient dominante.

— Hé !

Joueuse, je le bouscule et il rit davantage quand nos armures vibrent sous l'impact.

— Silence, prévient Storm. Nous sommes en territoire ennemi maintenant, ne soyez pas trop arrogants.

Tout à coup, je me mets à penser que j'ai envie de mes hommes… mais non, ce n'est pas le moment pour que je laisse mes hormones s'emballer. D'abord, nous tuons des démons, ensuite nous pourrons nous détendre et nous nous amuserons comme il se doit.

Je ferme les yeux et je me concentre sur les liens ténus et fragiles que j'ai encore avec tous les dieux qui se battront à nos côtés. Si nous avons de la chance, ils sont déjà tous en place ou le seront bientôt.

Je tire sur les connexions comme je le fais habituellement avec les liens de mes gardiens, en espérant que cela fonctionnera. Je n'avais pas eu le temps de m'entraîner.

De petits échos remontent le long des connexions. J'espère que c'est la preuve qu'ils ont reçu le signal et qu'ils vont commencer l'assaut.

Je remonte l'une d'entre elles et j'arrive à Thor. Le dieu du tonnerre réagit aussitôt à ma sollicitation.

— Il n'y a pas de démons là où nous sommes entrés, mais

nous volons maintenant vers l'intérieur des terres, me dit-il en m'envoyant une image de milliers de gardiens ailés survolant un paysage aride et carbonisé.

La lumière rouge du ciel se reflète sur leurs ailes incandescentes, leur conférant une apparence éthérée. C'est un magnifique spectacle. Une armée d'anges qui vient se venger du chef des démons.

— Bien. La Morrigan n'est pas dans le château d'onyx, alors, si vous la repérez, envoyez-moi un message.

Je me retire et j'ouvre à nouveau les yeux.

— La bataille a commencé, annoncé-je, et dire cela me fait un effet très bizarre.

C'est une déclaration si grave, si dramatique, qu'elle ressemble davantage à un film qu'à la réalité. C'est vraiment en train d'arriver. Le doute s'insinue à nouveau dans mon esprit, mais je le repousse. Mes gardiens croient en moi, les autres dieux me font confiance. Il ne me reste plus qu'à croire en moi.

— Crois-tu que la Morrigan puisse se trouver là où Flora est retenue ? demande soudain Crispin.

— Ce serait logique, acquiesce Storm. Nous ne savons toujours pas pourquoi elle a enlevé Flora, alors si elle a besoin de la déesse du Printemps pour quelque chose, elle restera sûrement proche d'elle.

J'ai du mal à déglutir. J'ai un mauvais pressentiment. Je me connecte à nouveau avec ma magie déployée pour vérifier si l'un des dieux du château est Flora, mais bien sûr, nous n'avons pas cette chance. Cependant, maintenant que nous sommes dans le royaume des démons, je pourrai peut-être la sentir, si elle n'est pas trop loin.

Avant que je puisse essayer, ma magie m'avertit qu'il y a du mouvement à l'intérieur du château.

— Ils ont dû être alertés des attaques, dis-je aux gardiens. Les démons se déplacent dans le château, tout comme les dieux.

Quelques instants plus tard, nous entendons la grande porte du château s'ouvrir, et une cacophonie de cris et de hurlements emplit l'air. Les démons quittent leur forteresse pour se jeter dans la bataille.

— Deux des dieux ont disparu ; ils doivent être capables de se téléporter. L'un d'entre eux se déplace vite, hors de la porte et… il vient par ici !

Aussitôt, mes gardiens entrent en action et m'entourent pour me protéger. C'est un geste gentil, mais je n'ai pas besoin de leur protection. Le dieu qui court vers nous ne me semble pas familier. Nous ne l'avons jamais accueilli au palais. Attendez… pas lui. *Elle*.

— C'est Nyx ! siffle Frost. La déesse de la Nuit. Je ne savais pas qu'elle était encore en vie, je n'avais pas entendu parler d'elle depuis des décennies !

— Elle devait se cacher dans l'ombre avec la Morrigan, marmonne Crispin. Je l'ai rencontrée quand j'étais encore… son prisonnier. Essayons de faire vite, elle est fourbe et elle aime jouer avec ses proies.

Je suis malade à cette idée. Les gens qui prennent plaisir à la souffrance des autres sont les pires, qu'ils soient humains, gardiens ou dieux.

La déesse est presque sur nous, et je crée une barrière invisible juste devant elle. Quand elle s'y heurte et s'écrase au sol, je lutte pour réprimer un rire. Elle serait belle avec sa peau sombre et éclatante et ses longs cheveux noirs, si les coins de sa bouche n'étaient pas rabattus en une expression amère et si elle ne fronçait pas les sourcils en une grimace renfrognée. Elle jure dans une langue inconnue, mais visiblement, ce ne sont pas des gentillesses qu'elle m'adresse.

Elle se lève d'un bond et un brouillard sombre commence à tourbillonner autour de ses bras tendus.

— La magie des cauchemars, explique Crispin derrière moi. Ne la laisse pas te toucher.

— Je n'en ai pas l'intention.

Je fais apparaître la barrière sous la forme d'une sphère glacée qui nous entoure. J'ai appris ma leçon, et je me suis assurée que la protection s'étend au-dessus et au-dessous de nous. Sa magie ne peut pas pénétrer notre espace sécurisé. Maintenant que nous avons réglé la question de la défense, passons à l'attaque. J'opte pour la magie de l'eau et de la glace, les éléments de ma mère. C'est en son honneur. À l'insu de Nyx, je fais apparaître derrière elle dix stalactites pointues, dirigées vers son dos. Toutefois, je ne veux pas lancer l'attaque. Je veux lui donner une chance de se rendre. Traitez-moi de faible, de naïve, mais je ne veux pas devenir une meurtrière.

— Où est la Morrigan ? demandé-je calmement.

Je détends mon corps le plus possible, comme si je n'étais pas prête à l'embrocher d'une seconde à l'autre. Nyx ricane.

— Je peux t'amener à elle. Morte ou vivante, c'est à toi de voir. Abaisse ta barrière, et je te montrerai où elle est.

J'éclate de rire.

— Me crois-tu stupide ? Dis-le-moi maintenant, ou bats-toi.

— Pas aussi stupide que ta mère, mais…

Elle ne termine pas sa phrase. Elle est morte. Je lâche les stalactites qui transpercent son corps, et elle s'écroule sur le sol.

— Est-ce que tu viens de tuer une déesse ? me demande Storm. Ça ne devrait pas être aussi facile.

Je me pose la même question, mais la réponse me vient tout de suite, comme si elle avait toujours été là.

— Ma mère l'a créée, expliqué-je lentement, à mesure que les pensées me viennent à l'esprit. Beira ne pouvait pas tuer ses créations, mais moi, je le peux. Je connais leurs points faibles grâce aux souvenirs de ma mère, mais je ne suis pas soumise aux mêmes lois. Je pense que s'il me prend l'envie de tuer un dieu qu'elle a créé, je pourrai le faire même avec de la magie normale. Je n'ai pas besoin de poison ou de couteaux spéciaux comme ceux qu'Angus a dû utiliser.

— C'est un peu effrayant, marmonne Frost. Essayons de ne pas rendre ça public. Nous ne voudrions pas que nos alliés aient peur de toi.

Je contemple la déesse morte et je hoche la tête.

— Tu as raison. Je n'ai pas vraiment envie d'y penser moi-même. Je n'ai pas l'intention de tuer d'autres dieux, à moins d'y être obligée.

— À l'exception de la Morrigan, me corrige Crispin.

— Oui, excepté elle, confirmé-je, me concentrant sur ma magie. Le château est en grande partie vide. Ce serait le moment idéal pour nous en emparer, mais ce n'est pas comme si nous étions ici pour conquérir ce royaume. Pour être honnête, je serai heureuse de le laisser aux démons une fois la Morrigan vaincue.

— Oui. Reine des enfers, ça ne te va pas, ricane Frost. Cantonnons-nous aux royaumes les plus agréables.

Je suis sur le point de répondre, mais l'obscurité tombe, et je suis de retour dans la pièce noire qui m'est devenue si familière.

— Salut, dis-je d'un ton léger. Comment allez-vous ?

— La Morrigan vient de m'ordonner de lui venir en aide, annonce Angus, dont la joie s'entend. Je vais suivre son appel, mais pas comme elle le pense.

— Où est-elle ? lui demandé-je aussitôt.

— Avec moi, murmure Flora d'une voix faible.

On dirait qu'elle souffre, même si nous sommes dans un endroit sûr.

— Qu'est-ce qu'elle fait ? m'enquiers-je.

J'essaie d'avoir l'air calme et de ne pas céder à la peur. Si Flora est blessée, ce pourrait être perdu. Nous avons besoin d'être quatre pour maintenir l'équilibre.

— Elle joue, répond Flora d'un air sinistre. Elle s'amuse.

Je ne demande plus rien. Si Flora ne veut pas nous donner de détails, ce n'est pas grave. Nous avons tous droit à l'intimité dans notre douleur. Cependant, quelque chose ne me paraît pas logique.

— Angus, comment a-t-elle pu t'ordonner de venir à elle alors qu'elle torture Flora en ce moment même ?

— Elle m'a parlé il y a quelques minutes, je le jure. Comme elle le fait toujours, dans mon esprit. Elle semblait très en colère.

— C'est parce que nous l'attaquons de tous les côtés.

Je mets de côté mes soupçons sur les déclarations d'Angus pour le moment. Je ne peux rien y faire pour le moment. S'il veut nous trahir, je ne pourrai pas l'en empêcher. Il ne me reste plus qu'à espérer qu'il y ait une explication logique au fait que la Morrigan faisait les deux choses en même temps.

Je reporte mon attention sur Flora.

— Ne t'inquiète pas, elle ne pourra pas rester très longtemps avec toi. Plus de vingt groupes armés envahissent son royaume en même temps. Elle va devoir coordonner ses défenses lorsqu'elle se rendra compte de l'ampleur de l'attaque.

— Tant mieux, répond-elle, l'air épuisé. Est-ce que vous allez venir me chercher ?

— Oui, confirme Dewi, qui parle pour la première fois. Je remonte la connexion entre nous. Tu avais raison, le Printemps et l'Automne s'attirent. Je te sens, faiblement, et je m'envole dès que possible. N'aie pas peur si un troupeau de dragons apparaît soudain.

Flora rit doucement.

— Je suis dans un donjon, je crains de ne pas pouvoir te voir.

— Tu le pourras après, lui promet Dewi.

— Dewi, il faut que j'y aille aussi, mais je n'ai pas la connexion que vous partagez. Si tu m'envoies une image de votre position, je pourrai m'y téléporter et vous suivre.

— Les dragons volent plus vite que les gardiens, remarque Dewi, mais elle m'envoie quand même une image mentale.

Il y a des montagnes en dessous d'elle, hautes et pointues, non pas couvertes de neige, mais d'une poussière rouge qui semble aspirer la lumière des cieux brûlants. Ils volent en direction d'un lac noir. Voilà qui me semble être un bon point de repère.

— Je vous retrouve au lac. Si nous ne volons pas assez vite, nous pourrons toujours grimper sur votre dos.

Je sens l'indignation de Dewi, mais l'obscurité disparaît, et je retrouve mes gardiens. Ils ont dû remarquer que j'étais partie, car ils sont tous en train de me regarder. Par le passé, je ne me suis absentée qu'une seconde ou deux lors de ces étranges rencontres, mais je suppose que mes gardiens me connaissent assez bien pour remarquer un changement dans mon comportement.

— Que diriez-vous d'une petite course contre les dragons ? leur proposé-je avec un sourire.

Leurs auras s'illuminent d'impatience en prévision de ce défi.

— Dewi est en train de rejoindre Flora, et nous allons la suivre. Je sais où elle est, nous pouvons donc nous y téléporter. Prêts ?

— Allons-nous apparaître sur terre, ou dans les airs ? m'interroge Storm.

Je n'avais pas pensé à la possibilité de nous téléporter dans les airs.

— C'est possible ?

— D'autres dieux le font, explique-t-il avec un haussement d'épaules. Je suis sûr que tu peux le faire aussi.

Il a déjà déployé ses magnifiques ailes, et les autres lui emboîtent le pas. Je fais de même, savourant le sentiment de liberté que me procure toujours le fait de sortir mes ailes. J'ai vraiment besoin de voler davantage, mais je n'en ai pas vraiment eu l'occasion récemment.

— D'accord… Si nous tombons, essayons de nous rattraper l'un l'autre.

Je souris, je tends les bras comme toujours, et je nous téléporte dès qu'ils me touchent. L'air. Je tombe. Pas de sol. Je vais m'écraser. Wyn qui meurt écrabouillée dans le royaume des démons, quelle fin appropriée.

— Vole, Wyn ! N'oublie pas tes ailes !

Arc tourne autour de moi, et ses ailes battent fort. Il semble prêt à plonger pour me rattraper, mais il m'a rappelé comment voler. Quelle idiote je suis ! J'oublie l'essentiel. Je bats des ailes et j'arrête ma chute. Ouf !

— Les dragons approchent ! s'écrie Storm et je me retourne, changeant l'angle de mes ailes pour rester en vol stationnaire.

C'est un spectacle extraordinaire. Au moins une cinquantaine de dragons de toutes formes et de toutes tailles foncent vers nous ; leurs ailes sont si majestueuses que je dois réprimer un halètement. Ils sont impressionnants, le genre d'ennemis que je ne voudrais pas croiser sur le champ de bataille. Heureusement qu'ils sont de notre côté.

Dewi vole à l'avant du troupeau, ses écailles bleues scintillant dans l'air rougeâtre. Elle est de loin la plus grande de tous, et de la fumée bleue s'échappe de ses naseaux. A-t-elle communiqué avec nous pendant le vol ? Je suis contente qu'elle ne soit pas tombée ; son poids doit l'empêcher de rester en l'air sans battre des ailes en permanence.

— Ils sont rapides, observe Frost, une pointe d'admiration dans la voix. Mais nous sommes rapides aussi.

Je doute que nous puissions égaler la vitesse des dragons, mais nous ne le saurons pas si nous n'essayons pas. Cependant, les gardiens sont bien plus rapides que moi. Ils sont plus forts physiquement et ont plus d'expérience. Très bien. Et voilà.

Comme un seul homme, nous nous élevons à l'altitude des dragons et nous nous préparons à les rencontrer en vol. Dewi rugit en guise de salut, et de minuscules cristaux de glace s'échappent de sa mâchoire.

Ensuite, ils sont sur nous, nous entourant. Même le plus petit dragon est au moins trois fois plus long que moi, sans compter leurs queues hérissées de pointes. Leurs ailes sont de fines membranes entourées d'os et de muscles puissants, qui ne ressemblent en rien aux ailes de fées presque translucides des gardiens. Ils n'attendent pas, ils continuent à voler, et je bats fort des ailes pour les suivre. Pourtant, ils me dépassent rapidement. Ma petite envergure ne fait pas le poids face à la leur. Mes gardiens restent à mes côtés, même si je sais qu'ils pourraient voler beaucoup plus vite. Ils font en sorte que je ne passe pas pour faible.

— Allez, faites la course ! leur intimé-je en repérant l'impatience dans leurs auras. Vous savez que vous en avez envie.

— Je reste avec elle, annonce Crispin ; les autres s'élancent quand je leur offre un signe de tête encourageant.

Storm est le plus rapide, mais son jumeau n'est pas loin derrière. Arc est presque à leur niveau, mais il est plus lourd et sa corpulence le freine. Storm rejoint le dragon le plus à l'arrière et le dépasse, mais il ne parvient pas à progresser plus loin dans cette formation. Nous sommes dépassés.

Un dragon vert foncé se détache du groupe et tourne, volant

vers Crispin et moi. Elle tourne autour de nous et plane juste en dessous de moi. Une invitation à monter sur elle ? Je ne m'attendais pas à ce qu'un des dragons le fasse de son plein gré. D'après le peu que je sais d'eux, ce sont des êtres incroyablement fiers.

Je me laisse tomber jusqu'à ce que je sois juste au-dessus d'elle, puis j'écarte les jambes et je descends de quelques centimètres. Son dos est chaud, et ses écailles étonnamment douces. Au début, je garde mes ailes déployées, mais grâce à la magie de l'air qui m'entoure, je me sens suffisamment en sécurité pour les replier et chevaucher le dragon.

Waouh. Je chevauche un dragon ! Un vrai dragon avec des écailles, des ailes et une queue très pointue. La vie est vraiment devenue folle. Une aventure magique. Avec un peu de chance, seuls les démons compteront des victimes, pas les gardiens ni les dieux.

— Merci ! m'écrié-je, et le dragon hoche la tête en réponse.

Je ne sais pas comment je sais qu'il s'agit d'une femme, mais je le sais. Crispin vole à côté de moi, parvenant tout juste à me suivre. Aucun dragon n'a proposé de le laisser le chevaucher, ils doivent donc avoir confiance en sa capacité à voler à leurs côtés. Les trois autres gardiens se laissent un peu distancer jusqu'à ce qu'ils volent à ma gauche.

C'est exaltant et je ne peux m'empêcher de pousser quelques cris de joie. Pas trop fort, toutefois, car je ne veux pas que les dragons pensent que je suis folle. Je suis la déesse de l'Hiver à présent, je ne peux pas me permettre de me comporter comme une gamine. Mais un petit cri de joie...

— Wouhou ! hurlé-je, et mes gardiens éclatent de rire.

Même le dragon que je chevauche glousse, faisant vibrer tout son corps sous mes cuisses. Je resserre un peu ma magie de l'air, au cas où le dragon déciderait de faire des mouvements brusques.

Une fois que je me suis habituée à la sensation de chevaucher un foutu dragon, je regarde en bas pour voir où nous sommes. Nous avons laissé les montagnes derrière nous et traversons actuellement un paysage morne et ennuyeux qui n'est fait que de pierres brunes et noires et de marais. Il n'y a aucun signe de vie. Quelques ruines, mais pas une seule colonie démoniaque occupée.

Même les démons doivent éviter cet endroit. Le lieu idéal pour se cacher.

Mais il fait de plus en plus chaud. Le ciel au-dessus de nous est d'un rouge éclatant et les nuages ressemblent à de la fumée qui s'élève d'un feu quelque part. Je suis leur chemin… et oui, c'est de la fumée. Celle d'un très, très grand feu. Enfin, d'un volcan. C'est pareil. Et il est en éruption. Plus nous nous rapprochons, plus je distingue les détails. La lave dévale la montagne en larges ruisseaux, pour aboutir à un grand lac de lave au pied de la montagne, l'entourant comme une douve. Ce qui est étrange, c'est que le lac brûle toujours ; la lave ne semble pas refroidir ou devenir noire.

Une odeur de cendres envahit l'air et je veille à garder devant moi un filtre fabriqué à partir d'un peu de magie de l'air. Je ne veux ni de cette odeur dans mon nez, ni de particules de cendres dans mes yeux.

— Regardez ! s'exclame soudain Arc. Il y a un bâtiment sur la montagne !

Ce n'est pas possible. Qui construirait sur un volcan en activité ? Eh bien, c'est facile. Les démons. Mais il est bien là, une structure noire qui fait partie de la montagne autant qu'elle en est séparée. La lave coule sur les murs du château, mais ils ne semblent pas endommagés. La forteresse parfaite. Entourée de lave, avec des murs infranchissables. Le seul moyen d'y entrer, c'est par les airs. Je parie qu'ils ont aussi de bonnes défenses. Nous sommes sur le point de le découvrir.

Les dragons devant nous commencent à descendre. Apparemment, c'est notre destination. Génial. Nous allons atterrir sur un volcan. Quelqu'un pourrait me réveiller, s'il vous plaît ? Ce n'est pas possible.

Je m'accroche quand mon propre dragon commence à basculer. L'angle prononcé qu'elle adopte me donne la nausée. Si je n'avais pas eu ma magie, j'aurais déjà fait une chute mortelle. La prochaine fois, les dragons ne pourraient-ils pas fournir des rênes et une selle ? Je suppose qu'il n'y aura pas de prochaine fois. C'est une occasion unique dans une vie et je devrais en profiter… et c'est ce que j'ai fait, mais maintenant… Le dragon fait une embardée sur la droite et je manque de perdre mon emprise. Mon estomac se retourne tandis que le monde bascule et que des murs noirs apparaissent tout autour de nous. Nous sommes dans le château. Comment se fait-il qu'il n'y ait pas eu de défenses ? C'est très suspect.

Nous atterrissons avec plus d'élégance que je ne m'y attendais de la part d'une créature aussi grande. Il fait chaud ici, incroyablement chaud, et même la magie de l'air rafraîchissante ne permet pas de dissiper la chaleur. Je glisse le long du flanc du dragon, ravie d'être de retour sur la terre ferme. Qui tremble soudain. Cet endroit est-il sûr ? Le volcan pourrait-il le détruire ?

Je souris sombrement quand je réalise ce que je pense. Je suis sur le point d'affronter la Morrigan. Un petit tremblement de terre est le cadet de mes soucis.

CHAPITRE

DIX-HUIT

Mes gardiens atterrissent à mes côtés et m'entourent aussitôt dans leur formation défensive préférée.

— Les garçons, je peux me débrouiller seule, me plains-je, mais ils ne bougent pas.

Je soupire et me dirige vers l'avant du groupe de dragons. Tous occupent encore leurs corps d'animaux, à l'exception d'une femme. Dewi. Ses cheveux sont enroulés autour de sa tête comme une couronne et son corps est couvert d'une armure qui semble faite d'écailles de dragon. Elle est belle, et sans doute très efficace. Et si elle a de la chance, elle est encore plus légère que la mienne. Je me suis presque accoutumée à la sensation de porter mon armure, mais après avoir chevauché le dragon, mes os sont un peu raides.

Combien de temps s'est-il écoulé depuis que j'ai parlé aux autres dieux ? Quinze minutes peut-être ? Vingt ? J'espère que la Morrigan est toujours là. Et Flora. Vivante. Je ne pense pas pouvoir espérer qu'elle soit indemne, pas après ce qu'elle a dit tout à l'heure, mais au moins vivante. Crispin est ici avec moi, et c'est le meilleur guérisseur de mon royaume. Il s'occupera d'elle.

— Elle est là, je la sens. En dessous, pas très loin. Mais elle est faible. Nous devons nous dépêcher.

— Ton peuple peut-il monter la garde ici ? demandé-je à Dewi, qui hoche la tête. Je sens encore des démons dans les environs, mais pour une raison que j'ignore, ils n'ont pas encore réagi. Comment avons-nous réussi à percer leurs défenses ? Il doit bien y en avoir.

Dewi sourit.

— Les écailles de dragon repoussent la magie. Vous deviez être assez proches de nous pour ne pas être affectés.

— Voilà une compétence bien utile ! s'exclame Storm, surpris.

Apparemment, je ne suis pas la seule qui ignorait ça. Ces dragons se révèlent être des alliés de plus en plus utiles.

— Nous te suivons, dis-je à Dewi dont le sourire disparaît, laissant place à une expression plus réservée et sérieuse.

— Je pourrais sans doute nous y téléporter, mais qui sait combien de démons nous attendent à l'intérieur du château ? Mieux vaut prendre le chemin le plus long.

J'acquiesce et elle se dirige vers une porte dans l'un des murs, presque invisible, car elle est faite de la même pierre que tout le reste. Je garde ma magie à portée de main. Ne pas avoir vu un seul démon jusqu'à présent me rend très méfiante. Il n'y a pas de démons sur les murs parce que la lave les brûlerait vifs, mais il y a quand même deux portes menant à la cour dans laquelle nous nous trouvons et aucune ne s'est ouverte.

J'ai l'impression que nous sommes observés, mais ma magie ne détecte personne à proximité. Étrange. Et très, très inquiétant. Dewi ouvre la porte, les mains tendues, prête à lancer de la magie sur quiconque nous attendra de l'autre côté, mais le couloir sombre est vide.

— Il y a des démons en dessous de nous, mais aucun à ce niveau, murmuré-je.

Dewi avance un peu plus vite, et nous nous hâtons de la suivre. Quand nous atteignons des escaliers menant à l'étage inférieur, je me concentre à nouveau sur ma magie.

— Dix démons nous attendent au pied des marches. Il y en a d'autres ensuite, mais je ne crois pas qu'ils soient très puissants.

— Nous allons nous occuper d'eux, annonce Storm qui s'avance, suivi par les autres gardiens.

Je m'apprête à protester, mais Dewi me retient.

— Laisse-les faire. Ils ont besoin de se sentir utiles, murmure-t-elle. C'est la même chose pour Agierth. Parfois, il faut rester en retrait et les laisser faire leur truc de protecteur.

Je soupire et reste où je suis, tout en gardant ma magie à portée de main. Ce n'est pas parce que je ne suis pas avec mes gardiens que je vais les laisser se battre seuls. Je ne suis pas ce genre de femme.

Des cris nous parviennent depuis le bas de l'escalier, mais ce ne sont pas les voix de mes hommes. Ce sont des cris de démons, bruts et pleins de douleur. Bon débarras. J'aimerais pouvoir éprouver de l'empathie pour eux, mais après que l'un d'entre eux a enlevé mes parents et les a torturés, j'en suis incapable. Pour l'instant, ils ne sont rien de plus que des obstacles sur mon chemin vers la Morrigan.

— Dégagé ! crie Storm d'en bas, et je me précipite dans les escaliers, suivie par Dewi.

J'ignore les cadavres qui jonchent le sol et les taches de sang sur les armures de mes hommes. Ça n'a pas d'importance.

— Deux étages plus bas, nous informe Dewi. Flora souffre. Notre connexion est de plus en plus forte, je peux presque sentir la douleur moi-même maintenant.

Elle tremble visiblement.

— Dépêchons-nous.

Cette fois, elle ne laisse pas les gardiens prendre les devants. Au lieu de cela, elle se précipite et ne s'arrête que lorsque je lui dis que d'autres démons arrivent. Ils sont cinq, et je les tue en leur envoyant chacun une stalactite dans le cœur. Personne ne dit un mot, et nous nous hâtons. C'est la guerre. Nous n'avons pas de temps à perdre en sensiblerie.

Vingt démons morts et deux volées d'escaliers plus tard, nous arrivons dans les cachots. Elles correspondent exactement à l'image que l'on se fait des cellules de prison d'une forteresse maléfique. Des barreaux rouillés devant de petits compartiments sombres. L'endroit empeste la douleur et la décomposition. Je réprime un frisson.

— Est-elle proche ? demandé-je à Dewi, et la déesse acquiesce.

— Juste devant.

Un instant plus tard, un cri confirme ses paroles. Flora.

Nous courons en direction des gémissements de douleur qui résonnent dans le couloir de pierre. Soudain, un démon se place en travers de notre chemin. Il est gros, il n'y a pas d'autre façon de le dire. Il a un ventre proéminent au-dessus d'une ceinture de cuir d'où pendent… euh… des sexes ratatinés ? Je détourne les yeux et me concentre sur le reste de son corps. Il est chauve, mais sa peau grise est couverte d'une éruption cutanée d'un vert étincelant. Des plaies suintantes tapissent son visage et il lui manque un œil. C'est sans doute le démon le plus laid que j'aie jamais vu.

— La maîtresse m'a promis que je pourrais m'amuser, grogne-t-il d'une voix rauque et dégoûtante. C'est gentil d'être venu.

— Qui es-tu ? l'interroge Dewi, sa magie s'épanouissant autour de ses bras, prête à se déchaîner.

— Je m'appelle Cristian et je suis le représentant personnel de la Morrigan dans ce royaume.

Je ricane bruyamment.

— Plus pour longtemps.

Il tourne ses yeux vers moi… enfin, son œil. Il est injecté de sang et entouré de petites verrues. *Beurk !* C'est presque dommage que les démons ne possèdent pas d'aura capable de masquer leur visage. Pour une fois, j'aimerais être aveugle aux expressions des gens.

— Qui veut passer en premier ? demande-t-il, et soudain, une grande massue hérissée de pointes apparaît dans sa main.

Il y a du sang séché sur les pointes, probablement un souvenir de sa dernière victime.

— Pourquoi pas toi ? lui demandé-je, et j'envoie quelques stalactites vers lui.

Mais ils ne l'atteignent jamais, se brisant en un million d'éclats minuscules à quelques centimètres devant lui. Il y a une barrière que je n'avais pas remarquée. Comment ai-je pu ne pas m'en rendre compte ? Je me concentre, mais je ne sens toujours rien dans l'air entre nous. Étrange… cela signifie-t-il que je ne peux pas reconnaître la magie des démons ? C'est une idée effrayante.

Au moins, je peux les sentir… enfin, pas celui-là. Il semble plus puissant que les démons que nous avons déjà croisés dans ce château. J'espère qu'il est le seul de son espèce.

Je conjure d'autres stalactites et les lance sur lui par-derrière, mais une fois encore, une barrière invisible les arrête. Il rit de mes efforts. Cela devient fatigant. Si la glace ne fonctionne pas, alors je vais lui montrer que j'ai d'autre magie à ma disposition.

Je crée une boule de feu géante et la lui lance d'en haut, tout en envoyant une petite tornade autour de lui pour dissiper la barrière. Son sourire disparaît, laissant place à un froncement de sourcils concentré. Sa barrière cède enfin et les premières étincelles de ma boule de feu l'atteignent. Il hurle tandis que les flammes lèchent sa peau. Certaines lésions sur son visage éclatent au contact du feu et ses gémissements s'amplifient. Il a un aspect encore plus dégoûtant maintenant, avec des brûlures et une substance visqueuse bizarre qui recouvre sa peau. Je dois en finir rapidement pour ne plus avoir à le regarder.

À l'aide de ma magie, j'attise les flammes et lui envoie une stalactite en plein cœur pour faire bonne mesure. Cette fois, il atteint sa cible, et avec un bruit humide et écœurant, s'enfonce dans la poitrine du démon. Il me regarde, surpris, puis s'effondre sur le sol, mort.

— Vraiment horrible, ce type, marmonne Dewi qui enjambe le cadavre, son aura reflétant son dégoût.

Un cri provenant du fond du couloir nous pousse à nous remettre à courir. Flora semble être à l'agonie. Ce stupide démon nous a distraits trop longtemps.

Nous atteignons une épaisse porte en bois. Elle est verrouillée, mais Storm envoie une rafale grâce à sa magie du vent : elle s'ouvre avec fracas et se brise. Je suis la première à entrer dans la pièce, et je dois ravaler la bile qui me monte à la gorge. Nous sommes dans une chambre de torture.

Des instruments étranges jalonnent les murs et les étagères, des chaînes de fer pendent du plafond et des engins à l'aspect très douloureux se dressent tout autour. Je reconnais une vierge de fer dans le coin, même si je sais qu'elles n'ont jamais été utilisées sur Terre, mais qu'il s'agissait d'une invention victorienne pour les cabinets de curiosité. Je chasse ce fait inutile de mon esprit. Ce n'est vraiment pas le moment.

Une grande table métallique occupe le centre de la pièce et Flora s'y trouve, les bras et les jambes entravés en position écartée. Elle est nue, également, et je n'imagine pas le sentiment d'humiliation qu'elle doit éprouver. C'est une déesse, et la voilà complètement exposée et à la merci de quelqu'un d'autre.

Son visage est couvert d'ecchymoses et de sueur, et son corps porte des traces de coups de fouet ensanglantées. Elle a souffert. Je n'ai qu'une envie, la libérer, la prendre dans mes bras et guérir ses blessures, mais nous avons d'abord un tout petit problème à gérer. La personne qui lui a fait ça. Non, pas une personne. Un monstre.

— Oh, regarde ! Nous avons des invités !

La Morrigan se matérialise devant la table de torture, vêtue d'une longue robe noire et portant une couronne d'argent. Elle se prend déjà pour une reine. Ça n'arrivera pas si j'ai mon mot à dire.

— Ça s'arrête maintenant, grogné-je, et je dresse une barrière tout autour de nous.

Je sais que Dewi pourrait sans doute créer la sienne, mais je suis la plus puissante de tous.

— Oh oui, certainement ! s'exclame-t-elle avant de rire. J'attendais que tu viennes essayer de libérer ton amie. N'est-elle pas jolie ? Je me suis bien amusée avec elle.

Ma rage l'emporte sur toute pensée rationnelle, et j'envoie sur elle toute la magie à ma disposition. Le feu, le vent, la glace, l'eau, et même une attaque mentale. La plupart se heurtent à une barrière qu'elle a érigée, mais l'une de mes armes l'atteint.

Elle halète de douleur et baisse les yeux sur son corps. Son regard se porte sur moi, ses yeux s'écarquillent sous le choc, puis elle s'effondre, la stalactite fichée dans son cœur. Du sang rouge s'écoule à flots de la blessure, trempant sa robe. J'ai envie de me réjouir et de fêter ça, mais quelque chose cloche. C'était trop facile. Bien trop facile. S'il était aussi simple d'éliminer la Morrigan, quelqu'un l'aurait déjà fait.

— Restez sur vos gardes, murmuré-je aux autres, utilisant ma magie pour inspecter la salle. Ce n'est pas encore fini.

Crispin se penche près du corps de la Morrigan et passe ses mains au-dessus, sa magie curative entrant en action.

— Elle est morte, confirme-t-il, mais son aura prend ensuite la teinte turquoise de la surprise. Elle est... Non, ce n'est pas possible. C'est une gardienne. La Morrigan n'est pas une déesse.

Soudain, tout devient logique. Pourquoi il était si facile de la tuer. Comment elle a pu s'adresser à Angus tout en se trouvant dans le donjon de Flora en même temps.

— C'est parce que ce n'est pas la vraie Morrigan, dis-je lentement. C'était un clone, comme ceux de Crispin.

Un éclair de lumière emplit la pièce, suivi du gloussement amusé d'une voix très familière. La Morrigan apparaît dans un nuage de fumée et applaudit bruyamment.

— Enfin ! Bien joué, ma chérie. Je suis ravie que tu te sois débarrassée d'elle aussi vite, tuer des dragons devenait lassant.

Dewi hurle de colère et de rage, et soudain, un dragon se dresse à mes côtés, bien plus petit qu'à l'accoutumée, mais suffisamment imposant pour être un ennemi redoutable. J'ignorais que les dragons pouvaient contrôler leur taille, mais c'est bien pratique dans un espace confiné comme cette salle. Elle montre les dents, et un jet d'haleine glacée fonce droit vers la Morrigan, mais elle le dévie facilement en riant, comme si tout cela n'était qu'un jeu.

— Je vais apprécier d'avoir trois déesses dans mon musée, ricane-t-elle. Toi, Wyn, tu en seras la pièce maîtresse. Je veillerai à ce que ce cher petit Crispin nettoie ton cadavre tous les jours, pour que tu ne prennes pas la poussière.

— Quel honneur ! répliqué-je. Mais je crains que tu ne restes pas là assez longtemps pour mettre ton plan à exécution.

Je tire sur le lien qui me relie à mes gardiens : c'est le signal dont nous avons convenu. Lorsque nous avons réfléchi à la façon d'éliminer la Morrigan, nous ne pensions pas que Dewi serait dans la pièce, donc elle n'est pas au courant de notre plan. J'espère qu'elle va saisir la balle au bond.

Storm et Frost poussent des cris de guerre et foncent sur la Morrigan avec leurs épées flamboyantes. Elle les repousse comme des mouches, mais cela constitue une diversion suffisante pour qu'Arc lance une attaque mentale. Beira a créé la Morrigan en lui conférant d'incroyables pouvoirs physiques et magiques, mais elle ne l'a pas dotée d'une force mentale particulièrement impressionnante. Elle fronce les sourcils, puis estime qu'Arc ne représente pas une menace pour elle. Une épée apparaît dans sa main et elle la fait tournoyer plusieurs fois, comme si elle était en train de jouer. Storm la talonne, mais sans se retourner, elle envoie une boule de magie noire qui s'écrase sur sa poitrine, le projetant contre le mur. Il semble hébété, mais il se relève et rejoint son frère. Nous savons tous qu'ils n'ont pas la moindre chance contre elle, mais ils sont juste là pour l'occuper pour l'instant.

Je suis occupée à tisser un filet de magie, fait de tous les éléments que je maîtrise, même la terre, le plus instable d'entre eux. Pendant ce temps, Arc tente toujours d'affaiblir ses barrières mentales, et Crispin s'est précipité aux côtés de Flora, ses mains formant déjà des motifs au-dessus de son corps blessé. Il m'adresse un signe de tête : elle va s'en sortir.

Dewi rugit à nouveau et attaque la Morrigan, se heurtant de plein fouet à une barrière invisible qui n'existait pas il y a quelques instants. Elle gémit de douleur, et du sang ruisselle sur son visage. Elle grogne de colère s'efforce de pousser la barrière, qu'elle attaque avec ses griffes. La protection est trop puissante, mais le dragon n'abandonne pas.

Mon filet est presque terminé quand la Morrigan se met

soudain à rire. C'est le plus horrible des sons. Elle tend une main, les doigts étirés en griffes, et pointe Crispin du doigt. Il se fige ; la terreur envahit son aura. Je ne sais pas si elle a recours à la magie sur lui ou s'il s'agit simplement d'une manipulation mentale, mais Crispin a cessé de soigner Flora et se rapproche lentement de la Morrigan.

— C'est ça, mon petit, ronronne-t-elle. Viens voir maman. Tu m'as manqué.

Le dégoût me donne envie de vomir. Frost et Storm tentent de la distraire, mais d'un geste de son autre main, elle les projette contre le mur et ils restent là, suspendus contre la pierre, incapables de bouger. Dewi cherche toujours à franchir la barrière et Arc a les yeux fermés, se concentrant pour briser l'esprit de la Morrigan. Il ne reste plus que moi.

J'achève le dernier nœud de mon filet magique et le lance sur la Morrigan. Miraculeusement, il passe la barrière, comme je l'espérais. Il est constitué de trop de magies différentes à la fois, ce qui perturbe le fonctionnement de la protection. Dès que le filet touche la Morrigan, elle hurle de douleur. Sa prise sur Storm et Frost se relâche et ils tombent au sol, affaiblis mais conscients.

Crispin a cessé d'avancer vers sa créatrice, mais il ne recule pas non plus.

La Morrigan tente de se débarrasser du filet, mais chaque fois qu'elle utilise un type de magie contre lui, il se modifie. C'était une idée d'Algonquin, quelque chose qu'il avait lu à la bibliothèque.

Je me concentre sur mon arme pour déterminer quelle magie est la plus nocive pour la Morrigan. La terre et le feu. Je souris. Ici, il est difficile de manipuler la terre sans faire s'effondrer le château, mais le feu est simple. Nous sommes proches d'un volcan en activité, et la magie du feu imprègne l'air autour de moi.

Je modifie lentement la composition du filet et y intègre davantage de magie du feu. Les flammes commencent à vaciller tout autour de la Morrigan et elle jure lorsqu'elles touchent sa peau.

— Tu as la magie du feu ! s'exclame-t-elle, les yeux écarquillés, fixant les flammes qui lèchent sa robe. Ta mère ne l'avait pas.

J'envoie davantage de magie dans le feu.

— Je ne suis pas ma mère.

Je repère l'instant où elle comprend. Elle savait que ma mère ne pouvait pas la tuer. Elle comptait sur le fait que ce serait encore vrai. Elle nous croyait ici pour simplement la capturer. J'ai presque envie de rire de la voir aussi incrédule.

— Tu n'y arriveras pas, siffle-t-elle, et soudain, elle est entourée de magie noire qui éteint les flammes.

Pas question. Je puise plus de magie au plus profond de moi et la verse dans ce qui reste du filet. La Morrigan a réussi à ne pas se laisser brûler, mais elle n'a pas la force de repasser à l'offensive. C'est exactement ce que je cherchais à obtenir.

— Crispin ? m'écrié-je. Veux-tu le faire ?

Au début, il ne répond pas, et je m'apprête à demander à l'un des autres garçons, quand il hoche lentement la tête. Comme en transe, il s'avance vers la Morrigan, et attrape l'épée que lui lance Storm. Elle se tourne vers lui, et le choc se lit dans son expression. Elle sait que c'est la fin.

Ma magie me résiste, elle est presque épuisée, mais je la force à entretenir les flammes, emprisonnant notre ennemie. Le combat n'a pas été long, mais je n'ai jamais utilisé autant de magie d'un coup. Mon corps s'affaiblit et je me sens vaciller, mais Dewi arrive et me soutient.

Crispin s'arrête devant la Morrigan, pointant son épée sur sa poitrine.

— Cela fait longtemps que j'ai envie de faire ça, murmure-t-il. J'espère vraiment qu'il n'y a pas de vie après la mort.

Ma vision commence à se brouiller, mais je ne peux pas m'arrêter maintenant. Il faut plus de magie.

— Maintenant ! m'écrié-je au moment où mon emprise sur ma magie se relâche.

Crispin s'élance, son épée s'enfonce dans la poitrine de la Morrigan, transperçant sa chair et pénétrant dans son cœur noir.

Je souris et m'écroule sur le sol, incapable de tenir plus longtemps. Le scintillement devant mes yeux évolue et soudain, un éclair de lumière efface les auras qui me cachaient les visages de mes gardiens. Je peux les voir à nouveau.

Pendant environ deux secondes, avant d'être projetée dans la salle obscure sans avertissement.

— Est-elle morte ? s'enquiert Angus avant que quiconque puisse parler. Les démons ont soudain cessé de se battre. Nous ne savions pas s'il s'agissait d'un piège ou non.

— Oui, elle est morte, annoncé-je en souriant.

Je me frotte les yeux, incapable de croire que, non seulement nous avons vaincu la Morrigan, mais j'ai aussi retrouvé ma vision d'antan. Je vais pouvoir les contempler à nouveau vraiment. Les regarder droit dans les yeux. Admirer leurs visages.

Pour la première fois depuis ce qui me semble une éternité, je me sens libre. En dépit de tout le travail qui nous attend encore, un énorme poids a disparu de mes épaules. La Morrigan est morte. Mes mères ont été vengées.

Maintenant, nous pouvons enfin vivre en paix.

ÉPILOGUE

UNE SEMAINE PLUS TARD

J'aimerais pouvoir dire que nous sommes tous rentrés chez nous et que nous avons bu une tasse de thé. Non. Il y avait encore du travail à accomplir. Certains démons n'ont pas déposé les armes, pas plus que certains alliés de la Morrigan. Pendant que nous étions occupés à nous battre contre son clone, elle a contacté ses alliés divins qui sont venus avec leurs armées. La bataille a fait rage pendant deux jours, jusqu'à ce que le dernier dieu soit vaincu. Il y a eu des pertes des deux côtés, mais pas aussi lourdes qu'elles auraient pu l'être si la Morrigan avait encore été là pour contrôler ses démons.

Algonquin est mort au combat, tué par un démon supérieur qui l'a attaqué par-derrière. Depuis notre retour, Zephyr est enfermé dans ses quartiers et il refuse d'ouvrir la porte, même pour moi. J'ai décidé de le laisser faire son deuil en paix, tout en m'assurant qu'il sait que je suis là pour le soutenir. Heureusement, aucun autre de mes proches alliés n'est mort.

Certains sont blessés, comme Gwain, qui se remet d'une blessure au dos qui a failli le tuer. Mais Crispin affirme qu'ils s'en remettront tous.

Dans l'ensemble, nous avons vraiment remporté une victoire. La plupart des maris et des femmes de ceux qui ont combattu ont retrouvé leur proche.

Dewi pleure plusieurs de ses dragons, et je lui ai promis d'assister bientôt à la cérémonie officielle de deuil dans son royaume. Mais d'abord, je dois me rendre à des funérailles ici.

Beira doit être incinérée aujourd'hui, et je ne suis pas prête. Il n'y avait pas de corps quand ma maman est morte ; je considère donc qu'il s'agit des funérailles de mes deux mères, de naissance et d'adoption. J'ai eu la chance de les avoir, même si je ne l'ai pas toujours vu ainsi. J'aurais aimé passer plus de temps avec Beira. Les souvenirs que j'ai en tête me donnent parfois l'impression qu'elle me parle de l'autre côté du voile, mais je sais que ce n'est pas vraiment elle. Pourtant, savoir que je porte une partie d'elle en moi m'aide à surmonter le chagrin.

— Elle serait si fière de vous.

Tamara entre dans la pièce, vêtue d'une robe noire semblable à la mienne. Une broche en forme de flocon de neige argenté repose au-dessus de sa poitrine, signe de son amour pour Beira. Ma couronne pèse lourd sur ma tête ; encore un signe que je suis seule maintenant. Pas de mère pour me tenir la main et me guider. J'ai mon conseil et mes conseillers, mais ce n'est pas la même chose. Tamara est la seule qui me comprenne parfaitement. Ada aussi, mais elle est partie pour le royaume des dragons, disant qu'elle a des affaires à régler là-bas. Deux de ses hommes ont été blessés dans la bataille, mais Crispin a réussi à les soigner assez rapidement. Ils n'auront même pas de cicatrices.

En tout cas, pas physiquement. Je pense que la plupart

d'entre nous portent un ensemble de cicatrices psychologiques. Voir le sang, la mort, la cruauté des démons… tout cela laisse des traces. Je fais des cauchemars, mais avoir mes gardiens avec moi m'aide. Je les garde tout près, je ne les laisse pas s'éloigner. Je suis consciente que la peur de les perdre, maintenant que la bataille est terminée, est irrationnelle, mais c'est plus fort que moi. Cependant, ils supportent aisément mon côté collant, en particulier la nuit.

Je souris en repensant à la soirée d'hier, quand nous nous sommes retrouvés par terre, les membres entremêlés, les âmes reliées par des baisers et des caresses. J'ai bien dit que je m'enfermerais avec eux dans mes quartiers pour avoir un peu de temps seuls, mais il y a trop de choses à faire. Des procès vont se tenir contre ceux qui se sont alliés à la Morrigan. Les négociations avec Angus vont bientôt débuter afin d'établir de nouveaux contrats garantissant qu'il n'y aura plus de guerre entre nos royaumes. Il pourrait même y avoir des accords commerciaux. Je ne crois pas que je serai un jour l'amie d'Angus, mais pour l'instant, il semble se satisfaire de rester dans son propre royaume et de maintenir l'équilibre. Dewi nous a beaucoup aidés à cet égard. Elle n'est pas seulement sa belle-fille, mais aussi une déesse qui appartient à notre quatuor de saisons. Cela lui donne deux raisons de ne pas déclencher de guerre de sitôt.

— Nous devrions y aller, me rappelle Tamara d'une voix douce, et je me tourne vers elle en hochant la tête.

Je dois être forte maintenant. La moitié du royaume s'est rassemblée pour faire ses adieux à sa mère, et c'est moi qui allumerai le bûcher. C'est une cérémonie à l'ancienne, qui n'a rien à voir avec un enterrement sur Terre, mais les souvenirs et les connaissances que Beira m'a transmis me guideront, je l'espère, tout au long du processus.

— Je suis prête.

Je ne le suis pas, mais je vais faire semblant.

Je lui prends la main et nous téléporte sur le pic Chauve, une colline basse, mais étendue, non loin du palais. Des milliers de personnes sont rassemblées ici, formant des cercles concentriques autour du grand bûcher funéraire en bois. La dépouille de Beira y est enveloppée dans un tissu doré, brodé de minuscules flocons de neige argentés. La plupart des gens portent des broches en forme de flocon de neige pour honorer non seulement Beira, mais aussi tous les morts du royaume de l'Hiver. C'est peut-être elle qui est sur le bûcher, mais nous nous souvenons aujourd'hui de toutes les victimes de la bataille.

Je m'installe devant le bûcher, où m'attendent déjà mon père et mes gardiens. Ils portent des costumes noirs, même Arc. C'est peut-être la première fois que je le vois sans kilt.

— Tu vas bien ? me demande Crispin, et je hoche la tête, les yeux rivés sur le bûcher.

Je ne veux pas regarder la foule et croiser le regard de qui que ce soit. Les autres dieux forment le cercle le plus proche. La plupart d'entre eux sont familiers, mais certains sont des étrangers qui sont restés neutres pendant la bataille. Ils sont tous venus dire adieu à ma mère. Blaze se tient à côté d'Ada et de ses hommes, sa corne recouverte d'une gaze noire en signe de respect. Il n'a pas pris part à la bataille, mais il a aidé à transmettre des messages grâce à sa magie unique de téléportation. J'espère qu'il va rester, non pas à cause de ses *sparklies*, mais parce que je l'aime bien en tant que non-personne.

Je prends une grande respiration et me sers d'un peu de magie pour amplifier ma voix afin que tout le monde puisse m'entendre.

— Aujourd'hui, nous honorons Beira, la mère des dieux, la reine du royaume de l'Hiver, la déesse qui veille sur toute vie depuis l'aube des temps. Elle a peut-être quitté son corps mortel, mais elle veillera toujours sur ce royaume par l'intermédiaire de ceux qui ont été touchés par sa grâce.

Je m'avance jusqu'à presque toucher le bûcher. Je conjure une spirale de feu et la laisse s'envoler haut dans le ciel. Elle nous éclaire en même temps que le pâle soleil d'hiver.

— Moi, Wynter, fille de Beira et nouvelle reine de l'Hiver, je vais allumer le bûcher et libérer ma mère pour que la magie la ramène chez elle.

J'abaisse la spirale de feu et l'élargis pour qu'elle entoure le bûcher. C'est le moment. *Sois forte, Wyn. Tu peux le faire.*

Je ferme les yeux un instant et laisse le feu toucher le bûcher. Je ne supporte pas l'idée de regarder. Je lève la tête et rouvre les yeux, observant les premières fumées qui commencent à s'élever, formant un magnifique motif dans le ciel clair.

Je prends à nouveau la parole, et récite la bénédiction ancienne.

> Que la route s'élève à ta rencontre ;
> Que le vent soit toujours dans ton dos ;
> Que le soleil te réchauffe le visage ;
> Que la neige tombe doucement sur tes terres.
> Jusqu'à ce que nous nous retrouvions,
> Puisses-tu trouver le repos et la paix dans ton
> sommeil éternel.

Des larmes roulent sur mon visage lorsque je termine. Le bûcher brûle intensément et je distingue à peine le corps de ma mère. C'est vraiment la fin.

Autour de moi, les gens commencent à chanter cette même bénédiction que je viens de réciter, leurs voix s'élevant vers le ciel. Mon cœur se serre devant la beauté de l'émotion qu'ils expriment.

Ma mère n'est peut-être plus là, mais son esprit vit dans tous ceux qui se trouvent sur cette colline avec moi. Je recule, et aussitôt, mes gardiens m'entourent, m'étreignant de tous les côtés. Ils me serrent dans leurs bras jusqu'à ce que le feu s'éteigne et qu'il ne reste plus que des cendres.

Je nous téléporte dans mes quartiers. Tamara nous laisse après m'avoir serrée dans ses bras et m'avoir adressé un sourire complice. Je m'assieds sur mon lit et retire ma couronne, me servant d'un peu de magie pour la poser sur le buffet. Un autre tourbillon de magie me retire ma robe noire, et je me retrouve en sous-vêtements.

— Tu as assuré, affirme Storm, les yeux doux et pleins d'émotion.

Je suis encore en train de m'habituer au fait de revoir leurs visages. J'avais oublié à quel point ils sont tous beaux, chacun à leur manière.

— Elle serait fière de toi.

Je souris.

— Je sais. Cela ne rend pas les choses plus faciles pour autant.

— Comment pouvons-nous t'aider ? s'enquiert Crispin qui s'assied à côté de moi.

Il passe un bras autour de ma taille et me rapproche de lui. Ma peau nue frotte contre ses vêtements et c'est agaçant. Je les déshabille tous. Maintenant, nous sommes à égalité.

— Tu pourrais nous prévenir, la prochaine fois ? grogne Arc

avant d'éclater de rire. Je préfère comme ça, et de loin. Les pantalons frottent…

— C'est toi qui as décidé de ne pas porter ton kilt, remarque Frost, amusé. Je sais à quel point tu aimes sentir le vent là, en bas.

Arc sourit.

— J'aime sentir d'autres choses là aussi.

Je lui fais signe de s'approcher, mais il a l'air un peu incertain.

— Tu es sûre ?

— Je crois que le sexe aux enterrements est une tradition terrienne, mais je suis la reine, et j'ai le droit de faire ce que je veux. Et pour l'instant, je veux être avec mes gardiens. Maintenant, laisse-moi te sentir.

Il hoche la tête et s'avance jusqu'à ce que ses genoux touchent les miens. Je prends son sexe entre mes mains comme s'il s'agissait d'une chose précieuse. Et c'est le cas. Tous les quatre me sont précieux. Non pas à cause de leur virilité, mais à cause de leurs âmes, leurs cœurs.

Je le caresse doucement pendant que Crispin me retire mon soutien-gorge.

— J'adore tes seins, murmure-t-il, et il abaisse sa bouche jusqu'à eux, puis il suce un mamelon.

Frost grimpe sur le lit derrière moi et fait courir ses lèvres le long de ma nuque, déposant des séries de baisers sur ma peau. Je frissonne à son contact.

Storm se tient toujours à quelques pas de nous, nous observant en souriant. Je le regarde droit dans les yeux tandis que Frost glisse une main dans ma culotte et commence à dessiner de petits cercles sur mon bourgeon, me faisant haleter doucement à chaque contact. Ces hommes auront raison de moi.

Je contemple toujours Storm, incapable de me détacher de

son regard passionné, plein de feu et de promesses. Alors que les autres vénèrent mon corps, je continue à caresser le sexe d'Arc en lui arrachant des gémissements qui me donnent envie d'accélérer la cadence. Je veux qu'ils se sentent tous bien, tout comme je me sens merveilleusement bien grâce à eux.

Nous sommes faits les uns pour les autres, quatre gardiens et leur déesse. Autrefois, je croyais que je ne les méritais pas, mais aujourd'hui, je sais que nous nous méritons tous. Nous avons tous nos forces et nos faiblesses, et nous nous imbriquons comme les pièces d'un puzzle parfait, en renforçant nos atouts et en compensant nos faiblesses. Nous ne faisons qu'un.

Notre lien s'enflamme à cette pensée, et des étincelles dansent devant mes yeux. Non, elles ne sont pas seulement dans mon esprit, elles sont réelles. Des étincelles argentées remplissent la pièce et nous nous arrêtons tous pour les observer. Elles tournoient comme une douce tempête de neige, puis commencent lentement à former un cercle autour de nous. Comme par magie, Storm est poussé vers nous et les étincelles tourbillonnent plus vite, nous englobant.

Quelque chose me vient à l'esprit, un souvenir appartenant à ma mère. Waouh.

— Les garçons ? les appelé-je, et ils se tournent vers moi, leurs visages illuminés par le scintillement des particules d'argent. Vous allez devoir dire trois mots pour que cela fonctionne.

Ils me regardent tous d'un air perplexe.

Je souris.

— Le lien a décidé que nous étions prêts. C'est... euh... une cérémonie de mariage. Mais c'est la magie qui la dirige.

Dans leurs expressions, je lis la même surprise et le choc que je ressens.

— Alors… il veut que nous prononcions les mots. Ces trois mots qui rendront la chose réelle.

Crispin écarquille les yeux, puis sourit.

— Je le veux.

Un groupe d'étincelles se détache du cercle principal et entoure sa tête comme une auréole.

— Je le veux, disent en même temps Storm et Frost, comme les frères qu'ils sont. La magie les marque à leur tour, comme elle l'a fait pour Crispin.

Arc est le dernier. Il me regarde droit dans les yeux et prend mes mains dans les siennes.

— Je le veux.

Les étincelles qui nous entourent se parent d'un or brillant et leur vitesse est telle qu'on ne distingue plus que des lignes. Il ne reste plus qu'une chose à faire.

Je respire profondément et laisse ma magie les caresser tous les quatre. Ces mots sont si simples, et pourtant, ils sont les plus importants que je prononcerai jamais. Et jamais, au grand jamais, je ne les regretterai.

— Je le veux.

Et c'est ainsi que je les fais miens. Mes hommes, mes consorts royaux.

Mes gardiens.

Et voilà, c'est terminé. Ceci devait être la fin de l'histoire de Wyn.

Abonnez-vous à ma newsletter pour découvrir les derniers livres, les mises à jour et des photos de chats : skyemackinnon.com/francais

Si vous avez aimé ce livre, n'hésitez pas à laisser un commentaire !

Les Assassins à moustaches: Une série d'urban fantasy pour les amateurs de chats, de secrets et de meurtres. Dans ce harem inversé progressif, Kat finira par trouver l'amour avec le temps.

REMERCIEMENTS

Merci !

En juillet 2017, j'ai publié mon tout premier livre, *L'Appel de l'Hiver*, le premier volet de la série *La Princesse de l'Hiver*. J'étais une nouvelle auteure, personne n'avait jamais entendu parler de moi, et je commençais à peine à être active sur les réseaux sociaux. Ce ne sont pas les meilleures conditions de départ, mais en fin de compte, le livre s'est vendu. Beaucoup d'entre vous, lecteurs extraordinaires, avez tenté votre chance en vous plongeant dans l'histoire de Wyn.

Du jour au lendemain, je suis devenue auteure de best-sellers, avec des lecteurs dans le monde entier qui écrivaient des critiques, m'envoyaient des messages et me demandaient plus d'histoires. Certains se sont même portés volontaires pour participer à mon groupe Facebook et d'autres ont commencé à faire de la bêta-lecture pour moi. C'était une aventure à la fois énorme et terriblement palpitante. À l'époque, je travaillais pour une université et je passais toutes mes soirées et tous mes week-ends à écrire (adieu ma vie sociale). Je me demandais si cela en valait la peine, mais le fait d'avoir ne serait-ce qu'un seul lecteur satisfait me comblait.

Depuis, j'ai écrit de nombreux livres, pas seulement sur Wyn, mais aussi sur les ours métamorphes, les kelpies, les colons sur Mars et même une secte. Je n'aime pas me cantonner à un genre ou à un style, il y a bien trop d'histoires à raconter pour cela. La série *La Fille de l'Hiver* est aussi disponible en livres audio et pourrait être traduite en allemand prochainement.

Le mois dernier, je suis devenue auteure à plein temps. J'ai déménagé au bord de la mer et j'ai maintenant un bureau avec une vue à couper le souffle. Au-dessus de mon bureau, j'ai un tableau blanc où je note mes projets en cours, mais il y a aussi un aimant *La Princesse de l'Hiver*, qui me rappelle toujours comment tout a commencé.

Et maintenant, un an après le début, c'est entre rire et larmes que je termine ma toute première série. Ce fut un véritable voyage et ça me fait bizarre de dire au revoir à Wyn et à ses amis. Je ne quitterai pas complètement leur univers, pourtant. Quelques-uns de mes prochains livres y seront vaguement reliés par leur contexte et leurs personnages secondaires. Ada, par exemple, aura son propre livre, tout comme Pippa, la fille adoptive de Thor.

Pourquoi est-ce que j'écris tout cela ? Pour vous remercier. Je n'aurais jamais pensé en arriver là. Être auteure à plein temps était un accomplissement qu'atteignaient les gens importants, pas les personnes insignifiantes comme moi.

Eh bien, maintenant, j'y suis. Et même si cela ne me semble pas encore tout à fait réel, je remercie du fond du cœur tous ceux qui m'ont accompagnée dans mon aventure.

Vous, les lecteurs, qui avez acheté mes livres et m'avez motivée à écrire davantage.

The Flock, trois auteurs extraordinaires qui sont devenus mes meilleurs amis, mes co-auteurs et bien plus encore.

Mes bêta-lecteurs et mon équipe de terrain, qui s'assurent que chaque livre soit aussi bon que possible. Désolée de ne pas toujours vous accorder autant de temps que je le souhaiterais.

À mon assistante personnelle, Rachel, qui me permet de

garder les pieds sur terre (je promets de limiter la micro-gestion à l'avenir !).

À mes amis, en ligne et hors ligne, qui supportent ma folie depuis des années.

À mes collègues auteurs, qui m'ont accueillie dans leur communauté et m'ont tant appris.

Et bien sûr, à ma famille, grâce à laquelle je suis devenue un rat de bibliothèque et qui veille toujours à ce que je reste réaliste dans mes ambitions et mes projets ;)

Je ferais mieux d'arrêter avant que les larmes ne mouillent mon clavier. Je vous souhaite de nombreux autres voyages magiques dans mon imagination !

À PROPOS DE L'AUTEURE

Skye MacKinnon est auteure de best-sellers. Ses livres racontent l'histoire d'héroïnes qui n'ont pas d'autre choix que de s'impliquer.

Elle revendique avec fierté son héritage écossais, utilisant les fantastiques décors de son pays et une pointe de mythologie, que ce soit pour parler de dieux celtes, de chats métamorphes ou des rues d'Édimbourg.

Lorsqu'elle ne se trouve pas dans son café préféré pour écrire ses livres, Skye adore la mangue séchée, ainsi que les thés exotiques, dont elle a rempli son placard jusqu'à ce qu'il n'en rentre plus aucun sachet. Ce qu'elle aime par-dessus tout, c'est être recouverte des poils de son chat démoniaque.

skyemackinnon.com/francais

Newsletter :
skyemackinnon.com/newsletter-francais

DU MÊME AUTEUR

LES HIGHLANDERS DU STARLIGHT

Thorrn

Eron

Cyle

LES VIKINGS DU STARLIGHT

Vikingr

Drengr

Berserkr

LES ASSASSINS À MOUSTACHES

Chat perché

Chat glacé

Attrape-chat

Chat échaudé

Langue au chat

Chat et souris

Chat fâché

L'Arbre à chat de Noël

Les Assassins à moustaches : tomes 1 à 4

FILLE DE L'HIVER

www.ingramcontent.com/pod-product-compliance
Lightning Source LLC
Chambersburg PA
CBHW011222190726
48287CB00008B/2710